成均

cheng jun

穿一越一文一字

拥一抱一灵一魂

安娜的小矮人

Ann's Dwarves

[保加利亚]

卡莉娜·斯蒂芬诺娃 著

田果果 译

百花洲文艺出版社
BAIHUAZHOU LITERATURE AND ART PRESS

图书在版编目（CIP）数据

安娜的小矮人 ／（保）卡莉娜·斯蒂芬诺娃著；田果
果译 . — 南昌：百花洲文艺出版社，2018.11
　　ISBN 978-7-5500-3038-1

　　Ⅰ . ①安… Ⅱ . ①卡… ②田… Ⅲ . ①童话－保加利亚－现
代 Ⅳ . ① I544.88

　　中国版本图书馆 CIP 数据核字（2018）第 230710 号

江西省版权局著作权合同登记号：14-2018-0202

Copyright © Kalina Stefanova
Ann's Dwarves, 2004, 2006
The Last Way Out, 2010

Chinese Edition arranged with Youbook Agency,China
本作品中文简体版由玉流文化版权代理独家授权

出 版 者　百花洲文艺出版社
地　　址　江西南昌市红谷滩世贸路 898 号博能中心一期 A 座 20 楼　　邮编：330038
电　　话　0791-86895108（发行热线）　0791-86894790（编辑热线）
网　　址　http://www.bhzwy.com
E－m a i l　bhzwy0791@163.com

书　　名　安娜的小矮人
作　　者　卡莉娜·斯蒂芬诺娃〔保〕
译　　者　田果果
出 版 人　姚雪雪
出 品 人　肖　恋
特约监制　徐有磊
责任编辑　袁　蓉
特约策划　肖　恋
经　　销　全国新华书店
印　　刷　三河市华润印刷有限公司
开　　本　880mm×1230mm　1/32
印　　张　4.75
字　　数　60 千字
版　　次　2018 年 11 月第 1 版　2018 年 11 月第 1 次印刷
定　　价　28.00 元
书　　号　ISBN 978-7-5500-3038-1

赣版权登字 05-2018-424

目 录

安娜的小矮人

目录

安娜的小矮人

目录

安娜的小矮人

第一章

初次邂逅

这个小家伙身高不足四英寸（8厘米），头戴一顶小兜帽，脸蛋儿红嘟嘟的，睫毛又长又黑。他看起来就像是从童话故事中走出来的小矮人。可这只是第一印象！再仔细瞧瞧，他身材很苗条，脸上不仅没有长胡子，还带着满满的孩子气。更重要的是，他和坐在对面正难以置信地瞪着他的安娜长得十分相像。

带着同样震惊表情的小家伙愣在了安娜鼻子底下的白色书桌上。当他意识到安娜的视线并没有越过他，而是看着他的时候，他跳起来喊道："她终于！终于！看到我们了！"

此时此刻的安娜简直无法相信自己的耳朵。她是个喜欢做梦的女孩，常常会沉浸在梦境中那似乎比现实生活更真实的世界里。然而现在……一个真正的小矮人？！

安娜放下手中的笔，伸手去触摸这个小东西，她的手指……竟然没有从他的身体里穿过去！她将他放在手心里，用手掌裹住托了起来：他像一片羽毛一样轻，但毫无疑问他是真实的。小家伙欣喜地闭上了眼睛，像只小猫一样蜷缩在安娜的手掌中，兴奋地叫嚷着："她看到我们啦！她看到我们啦！"

转眼间，从四面八方出现的小矮人立即证实了他口中的"我们"：有的从抽屉里爬出来，有的从书桌旁的床垫下钻了出来，还有一个甚至是从书桌后的窗台上跳下来的。

安娜的脑海中立刻闪出了一个念头，格列佛在小人国是否也有过同样的经历呢？紧接着，安娜突然意识到其他的小矮人也与自己惊人的相像。这一刻，一种奇怪的感觉涌上安娜的心头，她觉得自己也变回了一个孩子，正站在游乐园的镜子屋里数自己的影子，数着数着，她突然吓了一跳。她朝身后看了看：没有更多的影子了。难道他们正好有七个？！这一切将安娜拉回了现实，她笑道："好吧。现在，最重要的是七个！"

安娜毕竟不是个孩子了，但接受这些对她来说也不是那么容易的。小矮人们可没时间理会她意味深长的评论。此时，他们像一群疯狂的足球球迷，正在庆祝自己支持的球队赢得了世界杯那样：他们欢呼雀跃，相互亲吻，开心地大叫。

安娜开始用双手挨个抚摸他们，他们渐渐平静下来，脸上洋溢着幸福和快乐，嘴里还时不时发出甜蜜的呢喃声，就像安娜被妈妈拥抱爱抚时那样。

"我们当然是七个！"其中一个小矮人有点意外地说，"你希望我们是几个？"

"好吧，好吧。"安娜还在笑个不停，"那或许我是白雪公主了？！"

"那你觉得为什么白雪公主的童话故事里有七个小矮人呢？"

"为什么？"

"因为每个人都有七个小矮人。"书桌上的小矮人们不约而同地齐声回答。

"什么？"安娜可不接受这样的说法，她开始怀疑是不是有神奇的力量在和她开玩笑。

小矮人们像一群小大人似的开始不停地点头，仿佛被某个人的无知弄得很苦恼。

"好吧，好吧。"安娜装作很严肃地说，"我承认我不明白，那你们希望我明白吗？"

小矮人们开始相互交换眼色，叽叽喳喳地互相讨论。

"谁来告诉她？"

"你来？"

"还是你来更好。"

"不，不。还是你来吧！"

"我来告诉她。"一个小矮人冲其余的人高声喊道，很快，混乱的秩序恢复正常。

所有的小矮人都围坐在他身旁，他们盘腿坐在安娜面前，就像是祖父在给他的子孙讲故事那样……

第二章

小矮人的传奇故事

　　"亲爱的安娜，这件事并不是发生在哪个遥远的星球上，也不是发生在很久以前，它恰好就发生在我们生活的这个地球上。从古到今，每一个人都拥有属于自己的小矮人。每一个人都有七个小矮人，这七个小矮人全都和自己长得一模一样，看起来就像是在照镜子。只不过很少有人知道这个事实。因为大部分人都非常忙碌，他们在应对着各种各样的事情，压根没有注意到小矮人的存在。更何况，小矮人们本身也小到让人难以察觉：他们身高还不足四英寸（8厘米）呢。"

　　"那好，可是小孩子们呢？"安娜打断了他，"小孩子们也看不到他们的小矮人吗？"

　　"孩子们当然和大人不一样。孩子们活得更自由，他们不会整天为金钱发愁。所以孩子们看得到他们的小矮人。你知道为什么孩子们会无忧无虑吗？因为他们没有孤单的苦恼，他们知道小矮人会永远陪伴着他们。更重要的是，孩子们知道做坏事和撒谎是没有意义的：你或许骗得过大人，但永远糊弄不了小矮人。然而，随着孩子们年龄的增长，虚荣和贪婪蒙蔽了他们的双眼，他们再也看不到小矮人了，完全把小矮人给忘记了，好像小矮人未曾存在过，或许他们只是把小矮人当成了童年时玩过的一个游戏。只有当他们对自己的不端行为感到羞愧时，才会隐约地想起自己的小矮人。"

"你们是想告诉我，你们是我良知的化身吗？"安娜再一次打断了小矮人的话，语气里充满了嘲讽，"我很抱歉，但是你现在表现得太像个说教的老师了。"

"哎，你，你们这些成年人！你已经变成一个大懒虫了！"小矮人勃然大怒，"你们不也是总用这样的字眼吗？当它们过时了，你又来嘲讽使用它们的人。你应该动动脑子，找到一些新的词语来定义你周围的事物了！实际上，我并不觉得'良知'这个说法有任何不妥。"

这时，小矮人突然住了嘴，平复了一下心情，他又重新恢复了印度古鲁大师那泰然自若的情态，接着说道："你称不称我们为'良知'并不重要。不管怎么样，这都不是故事的结尾。我们矮人一族是你们人类的一部分，这是毋庸置疑的事实。我们是你们心灵的'镜子'，比普通的镜子真实百倍。因为通过我们，你们不仅可以看到自己的外在，还能直面自己的内心。这就是为什么只有当你们开始看到我们的时候，你们才能开启自我认知之旅。也只有这样你们才能看到自己真实的面貌，看到自己隐藏在众多面具下被遗忘的本来的样子。近距离观察我们，是你们每个人改变自己缺点的大好机会。"

"好吧，我们假设现在这一切都是真的。"安娜若有所思地说道，"那属于我们各自的小矮人呢？他们能看见彼此吗？"

"当然可以。我们可是用了很长的时间想方设法才让你们看到我们的，这样我们就可以阻止你们再做傻事，让你们变成更优秀的人，展现更真实的自己。"小矮人见安娜的情绪有所缓和，继续说道，"我们做你们经常想做，但由于自己的偏见和顾虑又不会做的事情。比如说，两个人相爱了，却没有相互表白仍然在玩相互试探的游戏，而此时他们的小矮人已经在互相亲吻对方了。"

"真是太棒啦！"安娜惊叫道。

"我讨厌装模作样……但是你们叫什么名字？"她语气轻快地问道。

“我们每个人都叫安娜，因为我们就是你呀。”负责讲解的小矮人笑着说。

其他的小矮人也都展露出笑颜——很明显，双方的隔阂已经被消除了。

“当然，如果你愿意的话，你也可以为我们每个人想一个不同的名字。或者在安娜后面再加一个字。”另一个小矮人建议道。

“对，对。”安娜说，“或许我能为你们想些不同的名字，要不然我怎么能把你们区分开呢？”

“嘿，稍后你就会发现这对你来说完全不是问题。”其中一个小矮人顽皮地说，他那副神秘兮兮的表情，好像在暗示着还有天大的惊喜等着安娜。

可安娜不想再有更多惊喜了。妈妈明天就要到了，她从欧洲飞来，安娜还得早早地起床去机场接她。于是，她故意用公事公办的口吻说道：“我将在明天去机场的路上揭晓各位的名字——你们会跟我一起去的吧？”

“当然！”小矮人齐声回答，“我们会一直和你在一起的！”

“太好了！那我们明天的火车之行将会非常有意

思。"安娜一边说一边整理她的床铺。"晚安了！"毯子里传出安娜的道别声。

　　她闭上眼睛，为这神奇的一天拉上了帷幕。

第三章

小矮人的命名"大作战"

　　早起，对安娜来说可不是件容易的事。她喜欢在夜里写作，所以睡得也很晚。因此，在早上六点钟闹铃响起时，安娜迷糊了好长时间才从睡梦中清醒过来。这其中自然有小矮人的功劳。小矮人们那笑眯眯的小脸蛋和欢快的声音赶跑了安娜的瞌睡虫。

　　"早上好！早上好！"他们叫嚷着，"快！起床啦！我们要迟到了！"

　　一个小时后，安娜坐在了驶向机场的火车上。她的小矮人们坐在她旁边的窗台上，兴高采烈地踢着双腿。

　　"嗯，现在我们可以开始了。"安娜说，"我的意思是给你们起名字。"

　　"我们开始吧！我们开始吧！"小矮人们兴奋地喊叫着，推搡着，机智地互相使眼色。

　　"是你们帮我参谋呢，还是全凭我自己做主？"

　　"你做主！"

　　"你做主！"

"你做主！"小矮人们挨个嚷道。

"好，"安娜点头道，"但是，首先你们得告诉我一些事。你们昨天提到的神秘的事情到底是什么？你们不会以为我已经忘了吧？"

小矮人们像是接收到命令一样一起耸了耸肩膀，脸上尽是不解。

"少来，不要跟我装无辜！告诉我为什么我很快就能区分出你们？你们一模一样，就像同一个豆荚里的七个豌豆。"

"哎，那可不行，我们可不能告诉你！这世上的人我们谁也不告诉！"小矮人们一致且坚定地宣布。

"哼！"安娜愤愤不平地说道，"一个关于你们的话题，你们却不打算说点什么？这可一点都不公平！难道你们不觉得吗？"

"喊！喊！"其中一个小矮人给了安娜一个"你少来这套"的表情，"说得好像你自己从未做过这样的事。"

"是这样吗？"安娜嘀咕道，并未多说什么。显然，她不喜欢这个话题，接下来为了避免再讨论这个话题，她非常热切地说："那好吧。我现在就为你们想名字！做好准备哦！"

　　小矮人们在窗台上紧张起来，翘首企盼。安娜集中精神，凝视着那个坐得离她最近的小矮人，眯着眼睛，正要说出她想到的第一个名字时，突然，她恍然大悟，赶紧停住了嘴。

　　这个小矮人外表上与其他小矮人没有任何区别，但安娜意外地发现有一点轻微的不同。安娜看向其他的小矮人，把他们挨个仔细地审视了一遍，然后又看向第一个小矮人。他的容貌与其他人如出一辙，但是他的表情完全不同，他的眼睛里闪着一种古灵精怪的光，嘴唇微微向上翘起，俏皮地笑着。这感觉看上去跟她在愚人节或者在编故事捉弄朋友时的顽皮劲儿多么相似。

　　安娜皱起眉头，表情严肃。她的视线移到这一排的第二个小矮人身上。她仔细地打量着他，眉头皱得更深了。

　　"你已经猜到了，对吗？"坐在中间的小矮人突然出声，把安娜吓了一跳。他似乎就是她昨天最先见到的，并为她讲解小矮人传奇故事的那个。"事实上，区分我们和区分不同的你是一样的。我们是你不同的面孔，代表着你性格的不同方面。所以，你想要区分出我们一点儿也不难。"

"你肯定就是那个喜欢用哲学向别人解释生命真理的我了。"安娜打断了他的话，看着他那专注、严肃而又有抱负的脸庞，说，"就像我表弟说的，你是'领袖一样的我'。我敢打赌，你内心肯定充满了想法，只不过是在想该先拿出哪一个；你一点儿也不喜欢被人反驳，而且，说得好听点，你不会拒绝对别人发号施令……"

在这一一"列举"中，安娜情不自禁地笑了起来，她还在滔滔不绝地列举他的（或者说她自己的）性格特点，小矮人出声打断了她。

"哈哈！看谁在笑呢！你这是五十步笑百步！"他有点生气，"好了！别再说这个啦！我还在等我的名字呢！"

出乎意料的是，安娜并没有正面回应他，而是哼唱了第一个音符："Do。"

"什么？""领袖"小矮人被吓了一跳。

"嗯，如果事实正如你所说，那你就是性格中最强硬的那个我。"安娜继续一本正经地说，"请允许我有这点自知之明。所以你就是我的Do，正如第一个音符。怎么样？"

笑容取代了小矮人最初的困惑——他高兴得像一个刚刚得到"优秀"的学生。他满脸洋溢着幸福，把身子靠在窗户上，一边观察其他小矮人的反应，一边开始得意地用手指敲击膝盖。

"Do，Do，Do。"他用不同的音调重复唱着，"Do，你好吗？Do，你昨晚睡得好吗？哦，Do，我真是太爱你了！Do，你这样做完全正确！Do，你的想法妙极了！Do，我超级崇拜你！"

"真是一语中的！"

"太贴切了！"

"这就是他！"其他的小矮人开始窃窃私语。

Do结束了他的独白表演，在一分钟的庄严静默后旁若无人地宣布："我不介意叫Do这个名字。相反，我非常喜欢。前提是，我是最强大的Do。Do，Do，Do！"他连续哼唱着，继而问安娜，"那谁是'Re'呢？"

"当然是我啦！"紧挨着Do的小矮人立马跳了起来说，"我就是Re。"

"为什么'当然'是你呢？"安娜不禁反问，这突发状况让她始料未及。然而，凑近仔细观察了一下这个小矮人之后，安娜突然大笑起来，问题有了答案："哈哈，因为你从不接受'不'这个答案，对吗？"

"嗯……"矮人耸了耸肩膀，用那种孩子想要东西时的"天真无邪"的样子看着她，就好像他们天生就该得到这个东西一样。

安娜又笑了起来：她的一个朋友曾多次告诉她，她想要达成某事时的样子很像一个孩子，让人无法拒绝。

"不要笑我！我们还不了解彼此！"Re狡黠地回击道。

安娜在这个自我发现的游戏里玩得很开心。

"好吧，好吧，你赢了。这也是我刚刚引用理查德的话的原因。"理查德是安娜念大学时的艺术顾问，他曾经总结过安娜成功的专属秘诀，那就是她想要达成某事时，从不会让自己被拒绝。"我明白了，你就是那个善于交际应酬的我。或者说，你是我的公关。"

"我建议，"另一边离她最近的小矮人说道，"现在很明显，我将成为Mi，我提议玩一个新游戏：就像看手势猜字谜游戏一样，我们每个人表现一些东西，你来猜是谁。我先开始。"

"你不需要这样做。"安娜打断了他的热情，"我已经认出了你。你的眼睛以及你的建议出卖了你。我敢打赌，昨天就是你说我能很快区分出你们的，对吗？"

正是他那张极富艺术气息的面孔让安娜从这一天早晨开始就备受考验。显然，她一直认得这双带有调皮色彩、极具表现欲的眼睛。

"你是我们中间的艺术家，对吗？梦想家？幻想者？演员？我很肯定你有很好的表演能力。如果你尝试去扮演你的同伴，无论我如何近距离且细致地观察，我都无法分辨出来。"

"嗯，我能怎么办呢？天才总是很难被埋没的！"Mi低下头，假装露出谦虚的表情，好让大家明白他在自嘲，他接着说，"我当然是在开玩笑，这可是我的荣耀！"

Mi从口袋里拿出一个笔记本，做出认真的样子，一本正经地开始写写画画，并且嘴里还念念有词，声音足以让大家听清楚："好吧，看看我今天都要做什么？首先，打电话给某某、某某某；其次，要去这里，还有那里；然后……发送电子邮件给某某某，传真给某某、某某某；要做这个，还有那个。太棒了！我的日程安排得满满的！这就是我的一天！现在来看看明天要做什么安排呢？"

说到这里，Mi干脆站了起来，示意其他人让开，开始意气风发地大步来回走，表现出高昂的工作热情。

"有了，明天我得做这个，我还得做那个。我必须……"

他正要深吸一口气继续说下去，他所扮演的小矮人"原型"抓住机会非常生气地说："你在拿我寻开心。但如果没有我，我们就什么事也做不成。"

"我没有拿任何人寻开心。"Mi无辜地耸了耸肩膀，转向安娜，"我只是在玩游戏。你知道我扮演的是谁吗？"

"当然是一个工作狂。"让Mi意外的是，安娜有些生气，"顺便说一句，我也不认为工作狂有什么不好。"

"你当然不知道！你什么时候让我们从你无休止的工作中喘过一口气！"一个无名小矮人低声地抱怨。

然而，安娜好像并没有听到他的抱怨，要不然就是故意不理会。安娜转向一个正在辛勤工作的小矮人，语气很是温柔："所以，Fa将是你的名字了，喜欢吗？"

"喜欢。"小矮人谦虚地回答，像是在掩饰自己的尴尬，他开始低头在口袋里翻找起东西。

过了一会儿，他拿出了一根针和一些线。

"我觉得可以在我们每个人的背心上绣个标志。"他看出了安娜的疑惑，解释道，"我的意思是绣上名字，以防万一。这样你以后就不会把我们弄混了。"

"Fa，这真是一个好主意。"安娜鼓励道，然后转向剩下的三个小矮人，"现在该，轮到没有得到过片刻休息的小家伙了。"

然而，刚刚还在抱怨的小矮人却没有听到安娜的召唤。此刻，他将头转向了窗外，用渴望的眼神望着哈德逊河上经过的船只。他手里拿着一块已经开始融化的巧克力，把它轻轻地放进嘴里，幸福地闭上了眼睛。他身旁的小矮人使劲地拽了拽他的袖子。小矮人慢悠悠地转过身来，发现所有人都在目不转睛地盯着他。但是由于嘴巴里塞满了巧克力，他只能费力地发出疑惑的声音："啊？"

"安娜跟你说话呢！"Mi无辜地说。

"我说'现在，该轮到没有得到过片刻休息的小家伙了'。"安娜笑着重复道，"但是我想我已经知道你是谁了，你想要有一个游船旅行，是不是？我也很想。另外，如果你的巧克力还没有吃完，我很乐意跟你一起分享哦。"

小矮人赶紧在他的口袋里翻找，但不一会儿他摇摇头，举起双手，说："对不起，我已经吃完了。"

"没关系！"安娜安慰他说，"我们会在机场里再买一些，重要的是我认出你是那个喜欢旅行的我，而且你总是抵挡不了巧克力的诱惑。对你而言，工作并不重要，消遣才重要。我懂，我懂。"

"但是工作确实更重要。"Fa出乎意料地打断了安娜的话，"否则我们活在这个世上有什么意义？消遣只是对做好工作的回报。比如说，我已经帮Do、Re、Mi在背心上绣上了字母。现在我该去给So绣了。是这样的吧？之后就是绣其他人的了，还有我的。如果最后一大块巧克力是对我的奖励，你知道我吃进嘴里时有多享受吗？但你不能这样生活：只是看着窗外风景，然后塞进嘴里一块巧克力。"

Fa把手伸进刚被命名为So的小矮人的背心底下，开始一针一线绣了起来。So做了一个鬼脸。显然，他完全不认同Fa对于生活的观点。却未发一言，任由Fa的巧手在自己的背心上穿梭。两人谁强谁弱显而易见。

安娜耸耸肩表示理解。Fa信心十足地认为她是站在自己这边的。但是So也认为安娜是赞同他的，他有点恼怒，缩回了身子，留下Fa的针线在空中比画。

这时，一个还没有命名的小矮人跑到他们俩之间，做起了"和事佬"，微笑地吟唱着："和平友爱！和平友爱！"

安娜好奇地看着这位新上场的主角：他的脸上流露出善良和仁爱，不知怎么，让她想起了她聪明善良的祖母。

"真不知道你们俩什么时候才能够恢复理智。"小矮人心平气和地说，他并没有提高声音，好像他并不是在对So和Fa说话，而是在自言自语，"你们必须明白一切事情都是有限度的。"

这句话让紧张的气氛消失殆尽，So看着那个未完成的字母，跟没事人似的对Fa说："你不觉得这个'o'有点歪吗？"他一边说着一边伸出手指着背心上的某个地方。

他的手指上还沾有巧克力，一不小心就在背心上留下了一个褐色的小点。

"哦，是的。"Fa凑近去看那个字母并动手拆起线来。他不仅擦掉了巧克力点，还舔干净了So手指上的巧克力。

事件的变化如此之快，让人难以置信。

"他总是能让他们俩很快地和好如初。"Re对目瞪口呆的安娜说，"他非常擅长协调人际关系，而且还富有同情心。当我们闹了矛盾后，他总是会安慰和帮助我们，他知道说什么会让我们的心里好过点儿。"

"那么La将会是非常适合你的名字。"安娜对这个小矮人"外交官"说，"我有一种感觉，你就像音符La一样内心充满了爱与和谐。你不知道我有多么喜欢你的存在！"

"那完全取决于你，"La绅士地说，"我只是你在内心种下的一颗种子，你只需要努力让它成长。"

"听起来很简单，"安娜叹道，"事实上，要做好事真的很难，事情总会在不经意间发生，事情也并不会总是按照你的计划发展。我一直想像我的祖母一样，与周围的一切和谐相处。还有我的母亲，你一定知道我的朋友是如何在她的肩上哭泣的。当他们离开时，他们感觉自己好像有了翅膀一样轻盈。读高中时，我的同学常常向她倾诉那些连对他们的母亲都未曾透露过的心事。哦，我等不及要见她了！"

安娜看着她的手表说："我的天哪，我们将会在十分钟内到达！我们只有一点儿时间为最后的小家伙起名字了。你不会想着我们把你忘了吧？"她转向第七个未命名的小矮人，他一直在有点远离其他人的地方默默地坐着，正在笔记本上写着什么。

当他明白安娜没有忘记他时，他开始高兴起来，腼腆地笑了。

"你在写什么？"

"问题在于他什么都没有写！"Re抢先回答，做了一个无聊的表情，"他一直在写，总是希望远离我们，因为他怕我们打扰他，让他没有办法集中精力。"

"啊，这是另一对冤家！"安娜对自己说，并匆忙化解可能出现的新的紧张气氛，"所以你就是我们中间的作家！我知道，我知道。很少有人能理解，灵感更有可能出现在独自一人的时候。我也有同样的困扰。如果不是什么不可说的秘密，你愿意告诉我你写的是什么吗？"

"不，这不是什么秘密。"小矮人像觅得知音一样，显得非常高兴，"我正在记录你昨天是怎么看到我们的，我正计划鼓励其他的小矮人们记下他们第一次被发现时发生的事情。将来，等所有人都看到他们的小矮人时，读起来会很有趣。"

"这真是个好主意！"安娜兴奋地说，"出版后将会是一本很有趣的书，还可以作为一个课题来研究。"

"我必须提醒你，我们很快就要下火车。"Fa打断了她的话，一副严肃的样子，"如果你不介意的话，我想赶快把针线活做完。留一点儿工作没做完的感觉不太好。我该怎么绣？Xi，对吗？

"这要得到他的许可。"安娜举起双手。

"Xi，Xi，"第七个小矮人立刻同意，搋着他的背心底部转向Fa，"我愿意。"

"那么，我们应该考虑我们自己的受洗仪式了。"Do郑重地宣布。

"是的，是的！"Fa嘟囔着，用牙齿咬掉线头，"我们干得真棒。"

"等等，等等。我们还没有完成。"安娜说。她从包里拿出一瓶矿泉水，在瓶盖里倒了一些水，放在窗台上，"现在请把你们的手或者至少一根手指放进盖子里"。

小矮人们顺从地在"洗礼盆"周围排成一排。在仪式上，安娜一边庄严地将"圣水"点在他们的头上，一边宣读他们的名字："Do，Re，Mi，Fa，So，La，Xi。"

"当我们回到家后，我们可以画一个五线谱并制作一个跳音符的新游戏，就像我们玩跳房子那样。"Mi轻声地对So说。

安娜几乎要忍不住笑出来了，却装作什么都没听见，她很认真地宣布："现在，你们已经经受了洗礼，记住今天的日子，从今以后我们可以把这一天作为你们的诞辰。"

"万岁！万岁！"小矮人开始呐喊，相互打起了水仗。

"把盖子给我。我们马上就要下车了。"安娜开始忙碌起来，"快点，赶紧做好准备！"

"别担心我们。"Do告诉她，"只要你准备妥当，我们很快就会准备好的。"

安娜听从了他的建议，把矿泉水瓶放进包里，把羊毛衫穿上，从行李架上取下为妈妈准备的鲜花。她突然意识到，为了不错过火车，她一路狂奔到火车站，根本没有注意到这些小矮人是如何跟随她来到这里的。

"等等，等等！"她转向窗台，"你们是怎么上车的？"

她话音未落，窗台上已经没有小矮人的踪影了。安娜四处张望，一个小矮人也没有看到。

"你们藏到哪里去了？"她又一次环顾四周，充满了困惑。

"哎，你还真是打破砂锅——问到底呀！"安娜听到Do在她耳边轻声地说道，"我们另外找时间告诉你，时间紧迫，对吧？赶紧出发吧，别让你的妈妈久等了。我们一直和你在一起，不要担心！"

第四章

一场双重欢迎会

当安娜和妈妈相互亲吻拥抱时，她们旁边的行李箱上也上演着相似的场景，虽然尺寸小得多，但人数众多。

安娜的七个小矮人依偎在妈妈的七个小矮人的怀抱中。这并不是说他们像安娜和她的妈妈一样半年未见了。对他们而言，距离并不是问题。与其他人的小矮人们一样，他们移动的速度跟人思维的速度一样快。只要安娜想到妈妈，安娜的小矮人中至少有一个很快会自动地出现在她妈妈的小矮人身边，反之亦然。不过，当他们都出现在同一个地方时，又是另外一回事了。而且，由于最近两天发生的事情，安娜的小矮人们一直和她黏在一起，没有机会与妈妈的小矮人相聚，所以现在，安娜的小矮人正情难自已地亲吻和爱抚着妈妈的小矮人。

"你们肯定想不到这两天发生了什么！"Re在一片喧闹声中大声喊道。

见其他的小矮人无动于衷，Re提高音量再次喊道："你们没有听到我说话吗？我们有一个重磅新闻，那就是——安娜看到我们了！"

　　仍然没有人理会他，过了一会儿，安娜妈妈的其中一个小矮人问道："什么，你说什么？你是认真的吗？"

　　"当然！"Re很自豪地说，好像这是他一个人的成就。

　　"发生什么事了？"另一个拥抱着So的小矮人问道。

　　"我跟你们说，安娜看到我们了！"Re再次庄严地宣布。

　　"真的？"

　　"终于看到了！"

　　"这是个重磅新闻吧！"

　　"什么时候？"

　　"怎么回事？安娜当时什么反应？"安娜妈妈的小矮人们抛出一个又一个问题，机关枪般轮番轰炸他。

　　"一开始安娜难以置信呢，"Do抢先道，"但是后来我把一切解释给她听后，我想她应该明白了：摆在她眼前的就是事实。现在她可激动了。"

　　"另外，从今天开始我们有名字了。"Mi打断了Do的话，一本正经地说道，"请允许我向你们介绍我亲爱的朋友们，Do、Re、So、Fa、La、Xi，最后还有我——Mi。"

"我的天哪！"

"哦，天哪！"安娜妈妈的小矮人纷纷惊叹道。

"祝贺你们！"

"真是个好主意！我们是不是也应该给自己想个名字？"他们中的一个小矮人建议道，双眼闪闪发光。

"这是我们最后需要做的事情，现在我们还有很多事情要忙，根本没有时间。"另一个小矮人泼了他一盆冷水，其余的小矮人赞同地点点头："我们知道自己是妈妈的小矮人就好了。"

"如你所愿。"势单力薄的小矮人失望地点了点头。

"只是，我们怎样才能记住你们的名字呢？"另一个小矮人开始烦恼。

"别担心，别担心，这有个具有先见之明的小矮人哦。"Fa"自大"地说道，"你们看到这些字母了吗？"他指着身旁的La的背心，"在我们来的路上，我已经把我们的名字绣在了背心上，所以要记住我们的名字完全没问题。"

"哦，我们几乎忘了，"So高兴地拍了拍手，吸引了其他小矮人对Fa的注意，"还有更有趣的事情！"他得意地瞟了一眼失落的Fa继续说道，"不过，你们得猜一猜！"

"哦，不！不要让我们那样做！"安娜妈妈的小矮人们一致表示拒绝玩猜谜游戏，"我们一路上已经很疲惫了。"

"好吧，好吧，我会帮你们的。"So大人有大量地问道，"你们的空中旅行怎么样？"

"非常不错。"

"你们难道没有预感到你们会再来一次吗？"

安娜妈妈的小矮人耸耸肩膀。

"在回去的路上，我们当然会再来一次。"

"不，不，我说的不是这个。难道你们真的没有预感到很快会再体验一次空中旅行吗？甚至马上！"

安娜妈妈的小矮人们再次耸了耸肩膀。实际上，So在说这话时模仿了安娜，安娜经常喜欢问她的妈妈她是否有这种或那种感觉。如果她的预感没有得到证实，她会开玩笑地说自己是个不足为信的"算命先生"。

"啊哈，你们害怕我是个胡言乱语的占卜师！我懂了。"So继续开玩笑，"再给你们点提示：难道你们没有预感到你们很快将会和我们一起去旅行吗？并且是去一个充满阳光的温暖地方？"

"万岁！万岁！"安娜妈妈的小矮人们没有回答So，反而开始欢呼雀跃。在这个寒冷的冬天，这个主意再好不过了。

此时，安娜和妈妈已经走出了机场，刚从行李车上卸下行李箱，准备放入出租车。

如果安娜没有如此专注于与妈妈的谈话，如果她在接下来的几秒钟内将鼻子下面发生的事情看得更清楚点，她便会更真切地看到一些罕见的物理现象。在一些小矮人爬下行李箱，从一个手柄跳跃到另一个手柄，最后跑到出租车的车门前时，其他的小矮人瞬间从行李箱上直接转移到了汽车的后座上，身后甚至没有留下任何痕迹，连卡通片里人物飞速跑往另一个地方时还会留下一些痕迹，他们却没有。然而，最有意思的是其余的小矮人的行为：司机要把行李箱放进后备厢时，小矮人才动了身子，就在司机把后备厢关上的那瞬间，他们直接出现在了后座上！

安娜目瞪口呆地看着这一切，无论她再怎么仔细观察，都无法明白这些事是如何发生的。

也许一些常识性的概念能解释大部分的事情，但不能涵盖全部。根据最基本的常识，她觉得小矮人们肯定是通过起点和终点间的最短路线来转移的。例如，尽管看起来不可思议，但毫无疑问，汽车后备厢和后座之间的最短路线是先通过后备厢顶部，然后从后车窗进入车内。

安娜的思路非常正确！因为那正是小矮人们所走的路线。当然，对于他们来说，后备厢顶部或后窗都不是问题。毕竟，他们能够以思维的速度移动，不是吗？例如，当你坐在汽车里时，会有什么东西可以阻止你的想法通过后窗和后备厢顶部，阻止你想到后备厢里的行李箱吗？当然不会！

正如安娜的想法是否被人所知，取决于她是否愿意与别人分享。同样，她的小矮人们也可以如他们自己所希望的那样可见或不可见。这并没有改变安娜的想法或小矮人存在的事实。就像你是否大声说出你的想法并不重要：在任何情况下，不管它们是否能被听到，好的想法永远都是好的，坏的也永远也是坏的。

但是，小矮人们计划在时机成熟的时候向安娜解释清楚这一切。此时，小矮人们藏在安娜和妈妈身后的后车窗下面继续谈论即将到来的旅行时，听到安娜对妈妈说：
"哦，我有一个惊喜要给您，本来我现在不应该告诉您，但我实在快要忍不住了。如果您能猜到，我就告诉您这个秘密。"

小矮人们竖起了耳朵听着。

"哦，不，不。"安娜妈妈抗议道，"这不公平，你很清楚，当一个人决定开始做什么时，就必须完成它。现在，你得把一切完完全全告诉我。"

"哦，那么至少，您没有预感到这会是一个什么样的惊喜吗？"安娜坚持。

"好吧。"安娜妈妈犹豫了，"我觉得你会带我去某个地方，去旅行。"

"您猜对了！"安娜兴奋地说道，"您真是太了解我了，本来我已经准备好了一系列问题要问您，例如……"

"我们去哪里？"妈妈心急地打断了她。

"哈哈，您当然要来猜一猜了。"

"好吧，迈阿密。"

"不是。"

"去尼亚加拉大瀑布。"

"不是。"

"那么，我真不知道了。"妈妈有点失望地说，"告诉我去哪里吧。"

"波多黎各。"

"就是这里！你现在明白我们要去哪里了吧？"So对妈妈的小矮人悄悄地说道。

他们看起来不像安娜妈妈那么激动。但是他们和她从小一块长大，再加上他们同样喜欢异域风情，所以他们几乎和妈妈同时问道："真是太好了！我们什么时候去？"

"一周之后。"安娜回答，"这样我才有时间带您好好逛逛纽约。"然后她犹豫了一下，顽皮地说，"还有另外一件事要告诉您。"

"是什么？"安娜妈妈非常了解自己的女儿，看安娜的表情就可以知道这次安娜是不会告诉她这个新秘密的，但她还是试探地说，"我真的很好奇，这会让我晚上睡不着觉的。"

"哦，不，不。"安娜没有屈服，"这是一个真正的秘密，是一个'国家机密'，但您这么说，我可能会在您睡觉之前告诉您哦。"

第五章

揭露的秘密

不过，安娜并没有暴露她的"国家机密"。因为妈妈一回到家，还没来得及四处看看就立马倒在床上睡着了。但是第二天早晨，妈妈一睁开眼睛就对安娜说："哦，我能预感到今天将会是特别有意思的一天。昨晚，你没有告诉我那个秘密，让我整晚都没睡着哦。"

说完，安娜和妈妈同时开怀大笑。

过了片刻，她们又假装很严肃地说："是的，所有人都对此深信不疑！"她俩又一次哈哈大笑起来。

很明显，她们两个人都非常享受此时在一起的时光，说她们最喜欢的，除了彼此没有人能听懂的妙语妙词。

"言归正传吧。"妈妈说，"我已经迫不及待了，赶快告诉我吧。其实，你是想向我展示一些东西，而不是真的要告诉我一些事情，对不对？你想向我展示什么？"

"去纽约。"安娜以一种最能打动人的天真模样回答道。

"哈哈哈！快，不要跟我兜圈子了！"安娜妈妈的笑声打断了安娜接下来的话，"你当然会带我去看纽约，你觉得我大老远过来是为了什么？六十三岁的人了，第一次乘坐飞机，你觉得我仅仅是为了来看望你吗？"

"哦，我并没有那样想。"安娜虽然立刻明白了妈妈的言外之意，但仍装出一副天真无邪的样子说，"您赶快做好准备，这样我们就可以快一点逛逛纽约了。提醒您一下，还有四十分钟我们的火车就要开走了哦。"

妈妈自信地望着安娜，她确信她的女儿不会继续跟她兜圈子了。果然，安娜的眼睛里闪烁着熟悉的微光，她斜靠着妈妈并在妈妈的耳朵旁悄悄地说："在那之前，您会看到的，因为他们会和我们一起去纽约。"

显然，安娜已经等不及看到妈妈对于这份惊喜的反应了，但她仍耐着性子琢磨着最好的展现方式。

"会和我们一起去纽约？"安娜妈妈有些疑惑，不自觉地降低声音，"那会是什么呢？"她蹙紧眉头，用平常的声音说，"你不会是订购了一辆笨重的加长豪华轿车吧？我的天哪！"

安娜皱起鼻子摇摇头。

"不是那样的。等我一会儿，我马上回来带您去看。"

　　她迅速进入隔壁的房间，环顾四周。"你们在哪里？Do、Re、Mi、Fa、So、La、Xi！"安娜低声喊道，"快出来，快出来，我要把你们介绍给我的妈妈。"

　　"我在这里。"

　　"我在这里。"

　　"我在这里。"

　　她听到小矮人们的声音从四面八方传来。

　　"请你们所有人到桌子上来。哦，我……我不知道当她看到你们时会是什么反应，但我非常希望她能够认识你们。

　　"当然，你必须告诉她，"首先出现的Do说，"我正想给你同样的建议。"

　　"Xi在哪里？"安娜问道，"我希望他能把他看到的一切都记下来，那肯定会非常有趣！"

　　Xi从桌子上的一堆书后探出头来："我在这里，我正在削铅笔。别担心！"他亲切地对安娜微笑着，"不要担心，一切都会非常顺利。"

　　"哦，我不知道，我也不确定。我希望你是对的。请大家留在这里，我现在就带她进来。"

"太棒了！我们的快乐时光要开始了！"

"她自己完全不知道这是一个什么样的惊喜。"安娜听到她身后传来的声音，她觉得应该是Mi和Re在说话，她甚至可以想象他们在互相推搡。

一阵窃笑声又随之而来，听起来有些奇怪。但安娜现在没有时间注意小矮人们的突发状况。

过了一会儿，妈妈站在门口，安娜在她身后，双手蒙着她的眼睛。

"继续走，继续走，再走一点点。"安娜引导妈妈走到桌子边，在椅子上坐了下来。

安娜告诫妈妈："不要睁开眼睛看哦，可以睁开眼睛的时候我会告诉您的。"她一只手捂着妈妈的眼睛，另一只手拖过一把椅子，紧挨着妈妈坐下，"现在，您可以看了！"

安娜太用力了，妈妈先是揉了揉眼睛，紧接着又靠回椅子。天哪，妈妈的动作像是用了慢镜头！此时此刻的安娜显得激动不已且迫不及待，一颗心悬在了嗓子眼里。她觉得自己要窒息了。终于，妈妈看向了她面前的桌子。然后……然后她笑了。她只是笑了起来？！

安娜惊呆了。是的，妈妈脸上没有其他反应，只有愉悦的微笑。没有别的！没有惊喜！没有疑惑！什么都没有！

"难道他们已经藏到了其他地方？"这是安娜的第一反应，在这之前安娜一直紧盯着妈妈，并没有注意小矮人。她快速地扫了一眼桌子，但是没有问题，他们确实还在那里！然后安娜又看向妈妈，最后又不自觉地转向小矮人们。

"等一下，等一下，这只是我的幻觉，还是您真的能看到？"她下意识地说，目瞪口呆。

"是的，我能看到。因为他们和我的小矮人同在！"妈妈亲昵地抱着安娜，在她耳边轻声说。

这一刻，安娜仿佛还没回过神来。她先看向小矮人们，然后又看向妈妈，最后再看向小矮人，好像没有弄清楚发生了什么事情。

"什么？这是什么意思？您知道……我们有小矮人？您能看见您的小矮人？也能看到我的？什么时候开始的？还有……哦，我的天哪！"安娜已经语无伦次了。

"很久以前就看到了，我的孩子。"妈妈答道，

"你无法想象，此时的我有多么开心，我为你能够看到他们而感到快乐。这意味着你变得更加聪明了，你没有失去自己的童真。现在，我可以真正放心了，再也不用担心你了。"

"但是您之前为什么没有告诉过我？"安娜仍感到非常困惑。

"因为，我希望你自己去发现。每个人最终都应依靠自己去发现自我。只有这样，我们才有可能成为更优秀的人。改善我们周围的事物很简单，因为它归根到底在于我们的个人品位和具体事物，这也是为什么人们想要更多的身外之物。但对于我们的内心来说，这又是另一回事了。这也更加困难，因为这意味着我们对自身的要求更多、更高。我认为这是我们现在的主要问题，也是我们所有生活在这个地球上的人面临的主要问题。"

安娜用余光注意到Do正在专心致志地聆听，还频频点头以示赞同。妈妈的小矮人们也是如此。

"除此之外，"妈妈继续说道，"我没有告诉你，更是因为我确信总有一天你会看到你的小矮人。你虽然不记得了，但当你还是个孩子的时候，我们经常和我俩的小矮人们一起玩耍。”

“这是真的吗？”安娜惊讶地说道，“我一点儿也不记得这件事了。那这意味着……”她边说着边把头转向妈妈的小矮人，情绪已经完全恢复平静，“这意味着其实我们已经认识很长时间了。”

小矮人们只是微笑地看着安娜。

“你们有名字吗？”安娜尽可能地模仿妈妈的语气，好像他们是妈妈的另一群孩子。

“唉，没有。”其中一个小矮人情绪低落地回答。

他就是那个在机场热情地提议起名字的人：“没有人想要有个名字。”他叹了口气，十分茫然地耸了耸肩膀。

“我们为自己起了名字哦。”安娜向母亲炫耀道，“昨天，我们在去机场的路上起了名字。虽然您认识他们所有人，但您肯定不知道他们的名字吧，比如说，”她指着Do说，“这是Do。Do就像音乐中的第一个音符，充满了伟大的抱负，也有一个永不枯竭的思想源泉。”安娜笑着解释。

Do的脸一下子红了，他噘起嘴巴，像是在谦逊地笑。

安娜对此已经见怪不怪了。

"这位是Re。"安娜继续介绍。

"一个公关。"Re赶紧自嘲道。

"这位艺术家是Mi。"

"哦，是的，我知道他的才华！"妈妈一边说着，一边像粉丝一样热烈地为自己的偶像鼓起掌来。

Mi一点儿也不尴尬，反而大方地鞠了个躬。

"Fa，"安娜继续说道，"就是把大家的名字绣在背心上的那位。"

妈妈戴上眼镜，仔细观察小矮人的背心。

"做得好，Fa。"她边夸奖边拥抱安娜，"我勤劳的孩子！"

"这是So，一位旅行家。"

"如果你也想将自己的名字改为'旅行家'，也不错哦。"妈妈对安娜说，"你不是一直都有旅行的想法吗？"

"这是La，他……"

"他总是乐于助人。"妈妈接口道。

"是的，没错。最后一个是Xi。"

"那个废寝忘食，一直写作的小家伙是吧。"妈妈摇摇安娜的手，指着Xi说，"你的名字非常好。祝贺你！我们现在收拾一下，准备去纽约吧。"

"好吧！"安娜赞同道，"再告诉我一些事情吧，比如说您是如何看到我的小矮人的？我又是如何看到您的小矮人？我以为每个人只能看到他们自己的小矮人。如果每个人都能看到的话……"

"嗯，这一点确实非常重要。正是因为你对我真实而又深沉的爱，你才可以看到我的小矮人。同样的理由，我也能看到你的小矮人。相信我，如果你想搞清楚别人是否爱你，你只需要确认一下对方能否看到你的小矮人。反之亦然。许多时候我们以为的真爱，只不过是自己麻痹自己的幻觉。如果你能看到别人的小矮人，说明你真的很爱他。这有点像一个爱情探测器。"

"真有趣！"安娜惊呼道，"当所有人都知道自己的小矮人的存在后，一切似乎变得更容易了！"

"当然。"妈妈赞同道，"我们总是注视着外面的世界，让自己的生活变得越来越复杂！我们总是将一切错误归咎于他人！我们总是匆忙地从一个地方辗转到另一个地方！我们总是在算计，将身外之物堆积得越来越多！我们总是没有时间关注自己的内心。总是意识不到我们的内心不仅对于自己非常重要，对于我们处理与外界的关系也非常重要。"

安娜出神地望着妈妈，并对妈妈肃然起敬。同时，她感觉到一个全新的美妙世界已经为她打开了大门。她非常高兴自己能与妈妈一起融入这个新世界，成为新世界的一部分。

"我准备好了。"几分钟后，安娜宣布。她仿佛感觉到自己轻飘飘的脚刚刚沾地。

"我也好了。"妈妈对安娜说完，又对她的小矮人们说道，"来吧，跳进包里！顺便说一句，当我们外出时，这是他们最喜欢的地方。"她悄声向安娜解释。

"哦，怪不得您总是带着一个大开口的手提包。"

"是的。"妈妈赞同地点点头。

"你们最喜欢待在我的什么地方？"安娜问自己的小矮人。

"嗯，"Do说，"我们可是各有主意的，每个人最喜欢的地方都不一样。"

"你介意听听我的解说吗？"Re抢先发言。

"当然不介意。你说吧，这可是你的强项。"

　　"Do通常喜欢待在你的一个肩膀上，"Re开始解释，
"Mi和我喜欢待在你的另一个肩膀上。这样一来，我们
就可以观察到外面的情况。我们紧紧抓住你的耳环，有时
坐着，有时站着，就像坐敞篷车一样刺激。Xi和Fa，正如
你所猜测的那样，他们对外界的事物没有任何兴趣，所以
他们更愿意坐在口袋里或你的包里：一个一直工作，另一
个一直写作。当然，如果是一个新的旅程，Xi通常会站在
你衣服的口袋上，观察研究外面的事物，然后将其记录下
来。还有，So最喜欢的地方是你的发髻，那是一个理想的
瞭望台。你知道，旅行和探索世界是他的最爱，况且坐在
那里舒适得像是坐在一把软椅上，我也想坐在那儿。"Re
面露不悦，"但他很少把位置让给我。只有当你有一些非
常重要的约会时，我才能坐在那儿'盯梢'。"

　　说完，大家各就各位，安娜的小矮人、安娜、妈妈和
妈妈的小矮人一起向火车站出发了。

第六章

在纽约

　　纽约的摩天大楼对普通人来说已经非常高了，你能想象对小矮人们来说是多么不可思议吗？此时，安娜和妈妈站在第六大道上，距离中央公园有三个街区。她们抬起头，仰望那些建筑物的顶部。安娜紧紧地抱着妈妈的腰防止她后仰过度而摔倒。妈妈的小矮人们早就迫不及待地从手提包里跳了出来，站在人行道上双手叉腰，两腿叉开，竭力地向后仰着头。即使他们拼尽全力，却最多能看到第三层。

　　"噢，这样是不行的。"安娜的小矮人们围了上来，"我们第一次来这里的时候就这样试过，很遗憾我们根本什么都看不到。

　　"现在，我们将带你们去观赏这令人难以置信的纽约摩天大楼的全景的最佳位置。"Re毛遂自荐，开始像一个真正富有经验并且以此为傲的当地导游一样侃侃而谈，"这不是一个普通的城市天际线。完全不是！这里的建筑物在天空的画布上绘制出一幅无与伦比的心电图。"然后

Re举起双手，激动地在空中比画起来，"这就是为什么你们应该……"

然而，Re的话还没有说完，此时一位完全没有听他说话，仍然在使劲仰头看的安娜妈妈的特立独行小矮人突然仰天摔倒在地上，大家的目光都转向了他。离他最近的Mi并没有急于将他扶起来，反而蹲下去将他摁住。

"就是这样！快看！"Mi对这位特立独行的小矮人说，"这就是那个绝佳的位置，只有在这里你才能充分感受到'建筑物在纽约的天空画布上绘制的无与伦比的心电图'。"他一字不落地学着Re的话，也立刻摊开四肢躺了下去，"真的会令你印象深刻的！我向你保证！顺便说一句，这个观察点是我发现的。"Mi抬起头，仿佛是在等待热烈的掌声，"Re可以证明。"

"没错，"Re苦笑着说。绞尽脑汁想出最佳比喻来赞美纽约，却是为他人作嫁衣，这并不令人感到愉快。

然而，Mi并没有得到任何喝彩，因为其他的小矮人也同时摊开四肢躺在了地上，安娜妈妈的小矮人还惊诧地止不住抽气。

"哦，我的天哪！真不可思议！"他们一个又一个地重复感叹道。

只有So机智过人地躺在安娜的肩膀上，感受着这"无与伦比的心电图"。

"哦，我的天哪！真不可思议！"安娜妈妈也在出神地重复着。

"现在，我们要去帝国大厦，从一个完全不同的视角来看纽约。那就是从上往下看。"安娜说道，然后挥手招了一辆出租车，"对了，小矮人们在哪里？"她吓了一跳，"天哪，我完全把他们给忘了，希望他们没有在人群中走丢。"

"在过去的六个月里，你几乎每天都会在人群中把我们弄丢。"她听到Do在耳边说。

"是这样的吗？"安娜困惑地说，"身边竟有这么多人来来往往，真是令人难以置信！不过，你们怎么从不迷路呢？"

"嗯，"Do继续说道，"很简单，你身上有着跟磁铁一样的东西存在，叫爱的磁石，因此我们才能时时刻刻联系起来，所以我们不会……"

出租车司机不耐烦地按喇叭——很明显，他在催促身后的安娜她们赶快上车。

"快，我们快上车吧，"Do催促她，"上车后我再告诉你。"

"但你们是不是都在这里？"安娜担心地问道。

"是的，是的。"她听到她的小矮人们的声音，"我们都在。"

"你的小矮人们呢？"安娜转向她似乎一点儿都不担心的妈妈，问道，"他们都在这里吗？"

"当然。"妈妈回答，好像这是世界上最自然不过的事情。

"我的天哪，我的妈妈很显然知道这个磁铁的事！"安娜心里想着，她相信她们的小矮人都已经好好地坐在出租车里了。

但出租车还没有开出几米，安娜就惊恐地向司机大声喊道："停车！停车！"

"So还在外面！"看出妈妈疑惑的表情，安娜指着那个凝视着商店橱窗的小矮人回答。

"你刚刚是怎么跟我说的？"她责备Do。但在安娜正准备打开车门把So叫回来时，So却突然在人行道上消失了，仿佛是融化在了稀薄的空气中，差不多同时，又出现在她的腿上。

"哦，这不可能！这不是真的！"她瞪大眼睛惊呼，好像完全不敢相信自己的眼睛，她望了一眼So一秒钟前所在的地方，又看了看坐在她腿上的So，再看向她的妈妈。最后，她无助地耸了耸肩膀，显然放弃了探究她所目睹的这个新奇迹。

"我想应该是时候告诉你了。这样，你就不需要一直再为这个事情担惊受怕了。"安娜听到Do的声音从肩上飘下来，"我的意思是，我们会告诉你，我们是怎么做到的。你还记得，我们曾答应你下火车后到机场再告诉你，对吧？"

"我想是的。"安娜喃喃地说，显然她还处于十分震惊的状态，她用眼角瞅了一眼Do，还好，起码他还能被看到，起码可以确定他还在那里。她不知道自己是否还有勇气再去面对又一个不符合常理的事情：在Do的声音传来的地方却看不见他的人。

"你还知道些什么？"她已渐渐恢复理智，有点生气地说，"不如一起告诉我所有的事情，这样我就不会随时提心吊胆了。谁知道我还会再看到多少稀奇古怪的事情！
而且，当我想到你们知道一切事情的真相时，"她气呼呼
地转头对妈妈说，"我就快要疯了！"

　　在Re向安娜妈妈讲解他们路过的标志性建筑时，Do告
诉安娜，除了普通的移动方式，他们还能以思维运转的速
度来移动。众所周知，思维的运转是唯一不受障碍物和距
离远近限制的。举例来说，只要安娜或安娜妈妈任何一人
思念对方，她们的小矮人就能相聚在一起，所以，在过去
的六个月里，即使安娜身在美国，妈妈在欧洲的家中，她
们的小矮人已经见了很多次面了。

　　难怪。安娜心想，我经常会感受到妈妈的存在，好像
她就在这里，就在我的身边。

　　Do还告诉她一件事情，这个事情从之前的谈话中可
以推断出是合乎逻辑的：他们的移动方式就和她的想法一
样，有有形和无形之分。但就安娜的小矮人的存在和她的
想法而言，这并不重要。因为不管好的想法，还是坏的想
法，只要不被说出去，都只存在于一个人的想象中，不存
在于客观世界里。但事实上，这些没有说出口的想法和我
们表达出去的想法同样具有鲜活的生命力和重要性。

"所以，什么都不要担心，你不会失去我们的，就像你无法失去自己的思想一样。"Do总结说，"这是根本不可能发生的事。嗯……"他犹豫了一下说，"其实，有一种可能，就是当你迷失自己的时候。呃，虽然这么说不太确切……我觉得，最好还是把例外情况告诉你，如果你不介意的话，因为我们快要下车了。"

"当然，一点儿也不介意。"安娜的焦虑一扫而空，完全忘记自己置身在曼哈顿的繁华喧闹中。

这一刻，她不确定妈妈和自己谁会更惊讶：妈妈正感受着纽约带来的视觉震撼，她则游历在刚刚所获知的小矮人的新奇世界里，也可以认为是她自己的新世界。

然而，当他们来到帝国大厦的顶层时，安娜妈妈无疑在这场惊讶的比赛中取得了胜利。

"我的上帝，太美了！这个也是！还有这个！"她在平台上走来走去，根本无法抑制自己兴奋的心情，她完全被纽约不同的城市面孔震撼到了，"哦，这样看还挺让人害怕的。"当她怯生生地把脖子伸出栏杆朝下看时感叹道。

"要是站在那里，你是不是会觉得更可怕？"安娜指向帝国大厦的顶端，说，"如果我们能上去的话！"

"哦，不！我一点儿也不愿意到那里去。"安娜妈妈断然拒绝，将身子从栏杆外抽回来，小心翼翼地望着上面说，"想想都让我头晕。"

就在这时，安娜注意到，排列在栏杆上的小矮人队伍变短了。仔细一瞧，So又不见了。

"So又消失了。"她说着，开始四处寻找，"他去哪里了呢？是又去了纪念品商店吗？"

"哦，不，不。"Mi摇摇头，"他很有可能去那里了！"他指向帝国大厦的顶处，"而且，我也打算跟他一起去。你能想象那是一个怎样的舞台吗？在那里，每个人都能看到你！"

"他是怎么到那里去的？"安娜问道，非常担心。

"噢，我不是告诉过你我们能以思维的速度移动吗？"So有点不耐烦地说，像一名老师在教训一名很差劲的学生，"你只要一想到顶层的风景，他可能立马就去了。还有什么问题吗？"

这样的解释并没有让安娜放下心来。

"如果你想的话，我们可以确认一下他是否真的在那儿。"La说着，顺手给了她一个小圆玻璃片，根据镜片大小判断，应该是一个单片眼镜。

安娜透过镜片看去，帝国大厦的顶端近在咫尺，仿佛随时可以触碰到它。是的，就在那里，帝国大厦的顶端，So正站在那里无忧无虑地四处张望！她看得非常清楚，站在他旁边的是……她倒吸了一口冷气，是妈妈的那个特立独行的小矮人！安娜简直不敢相信自己的眼睛。这样说来，妈妈也怀着去那里看看的愿望！

这时，Mi也出现在他们身旁，嘴里似乎还背诵着什么，并激动地用手比画着，他终于登上那个万众瞩目的舞台了！不，实际上，他似乎并不是在背诵，应该是在歌唱，好像是正站在麦克风前模仿一个很熟悉的人。So和妈妈的那位小矮人也一齐附和起来，还不时点头。安娜眯起眼睛，集中注意力迫切想"读出"他们在唱什么。片刻之后，她仍没有弄明白，但当他们三个仿佛受到指令般同时向上伸出手臂，嘴巴做出"O"形时，她才反应过来，他们实际上是在唱："纽约！纽约！"她情不自禁地大笑起来。

"哦，天哪！您一定得看看这个！"很明显，安娜是在对妈妈说，但她的眼睛仍然没有从这些小歌星身上移开，"您不该错过这场演出！真是太有意思啦！"她不能自已地咯咯笑了起来，"我可以把这个小眼镜借给我妈妈看看吗，La？"

安娜环顾四周，并没有发现La的踪影，反而看到妈妈正透过一块类似的小玻璃片朝上看，头都笑歪了。

"你是不是以为我没有'小眼镜'？"安娜妈妈的小矮人模仿着妈妈的口气反问。

"太棒了！现在我们可以免费俯瞰纽约全貌了，没必要花钱买个大望远镜来看啦！"她边说着边将小玻璃片对准了附近的摩天大楼。但没过一会儿，她把玻璃片反过来看，可它似乎没起什么作用。

"别浪费时间了，你是看不到任何东西的。"突然现身在安娜身旁栏杆上的La说，"这是专门看你的小矮人的单片眼镜，而不是望远镜。"

"真的吗？"安娜问道，"你的意思是我只能用它来看到你们？"

"还有你爱的人的小矮人，如果他们恰好和你的小矮人在一起的话。"

"真是太有趣了！那我能看多远？我的意思是我能看

到的距离是多远？

"不管我们在哪里都能看到。"La耸了耸肩膀，好像这是理所当然的事，"距离不是问题。"

"即使你们和妈妈在一起，远在大洋彼岸吗？"安娜怀疑地看着他。

"是的。"

"那么，我也能看到我的妈妈啦！"她高兴得差点跳了起来。

"当然不能。我不是告诉你，这只是一个专看小矮人的眼镜吗？"

"是的，你是这样说的。"安娜有点失望地回答，"要是我想妈妈的时候能看到妈妈就更好了。那其他人的小矮人呢？他们都有一个这样的小眼镜吗？我看到妈妈的小矮人就有一个。"

"是的。事实上……"La犹豫了一下，好像下定了决心，说道，"其实，每个人的小矮人不仅有这样的镜片，还有一整套功能各异的神奇镜片。你看！"他打开背心的一侧。

安娜看到小口袋里面有很多小镜片。

"我是保管镜片的人。每个镜片都有不同的功能。"

"你可真让我惊喜不断！"她点点头，"答应我，改天一定要好好地展示给我看，而且还要告诉我每个镜片的用法！"

"当然，我保证！"La回答。

"有小矮人可真妙，对不对？"安娜挽起妈妈的手臂，"我们快下去吧。您该饿了。而且，我们可不能错过精彩的歌剧。毕竟，今晚百老汇的《歌剧魅影》正在等着我们呢。"

在餐厅里，安娜和妈妈聊着天，完全忘了她们的小矮人。不过，桌子下发出的低沉的吵闹声还是把她们吓了一跳。安娜弯下腰，从桌布下偷偷看去，几乎要笑出声来。

"您知不知道他们在做什么？"安娜做出口型，几乎无声地说，"来看看，不过别出声，不要让他们发现我们。"

桌子底下，正在举行一场真正的足球比赛。其中一把椅子下，小矮人们把两位女士的手提包当作简易的足球门柱。足球显然是他们刚从桌子上的盘子里拿下来的小橄榄。十四件开衫和背心都堆在另一把椅子上，球员们卷起袖子，跑着喊着，完全没有注意到有观众。即使是守门员

Mi，也目不转睛地盯着球，完全没有意识到除了他的队友，还有别人在赞叹他的运动天赋。

安娜和妈妈觉得继续偷看桌布下的情况不太礼貌，所以她们又坐回椅子上聊起天来，好像什么也没有发生。只有当"球进了！球进了"的喝彩声响彻桌下，她们才会给对方一个眼色，猜测是哪个队领先。

过了一会儿，喧闹声平息下来，安娜和妈妈偷偷地看向桌布底下。一些小矮人正在球门柱前休息，另一些正互相扭打撕扯着。"这举动真不文明。"安娜边看边说。还有正坐在椅子边缘摇晃着双腿交谈着的第三拨小矮人，哦，他们的举止更加粗鲁！他们正在挖鼻孔，甚至还在仔细地观察挖出来的是什么。最后，还有一个安娜的小矮人，哦，安娜赶紧瞟了一眼妈妈，希望她完全没有听到，因为，他正躺在椅子上无所顾忌地放屁。

妈妈笑了起来："了不起啊！小矮人们还真和孩子一个样，想做什么就做什么。你想想看，我们所认为的那些非常没有礼貌而且羞于去做的事情，其实都是些无伤大雅的事情，只不过我们被世俗洗脑了而已。事实上，这些行为没有伤害到任何人。相反，我们倒是应该对那些公开，甚至是大张旗鼓在做、被冠以各种冠冕堂皇理由的令人发指的事情感到羞耻。”

“当然，您说得很对。不过，我已经能想象出他们在剧院的表现了。”安娜有些担心地说。

然而，在剧院，小矮人们表现得非常好。他们坐在安娜和安娜妈妈的肩膀上，专心致志地欣赏舞台上的表演，对《歌剧魅影》里男主人公难逃命运的爱情惋惜叹气；他们和其他观众一样，心情随剧情的变化起伏，情不自禁地跟着音乐的节拍摇头晃脑。而且，安娜妈妈的一些小矮人甚至还偷偷地抹起了眼泪。只有Mi从一开始就丢下他们不见了。

“请把专门看小矮人的镜片给我。”安娜低声对La说，“我想看看Mi在哪里。”

她用一只眼睛透过镜片看去，Mi的表现和歌剧一样有趣。起初，她发现他在舞台上，用一张纸将自己的大半边脸遮住，像是戴着一个简易面具，正和歌剧魅影的演员一起在昏暗的舞台上歌唱着。然后，当幽灵船的阴森轮廓出现在夜晚浓雾笼罩的塞纳河上时，Mi在船尾上坐着，好像是在引领剧中的主角走进人们的视线。Mi一边双手做出划桨的样子，一边引吭高歌，忘情投入，好像所有的观众都在注视着他而不是别人，好像观众们随时都会跳起来给他鼓掌。在那盏著名的枝形吊灯猛地落下来的危急关头，所有观众不禁倒抽一口凉气，而Mi，早已站在了吊灯上。不过，这一次，他显然忘记了他正扮演的戏剧角色，朝其余完全吓坏了在安娜和安娜妈妈那里挤成一团的小矮人做着鬼脸。

表演快结束的时候也正是剧情的高潮时，安娜听到自己的左肩上传来一阵笑声。她瞥了一眼，Re和So正互相推搡，对着妈妈的肩头指指点点。那里，妈妈的两个小矮人正在打瞌睡，脑袋还前后摇晃着，而且还有一个小矮人正打着鼾。

"真是丢人！"Re朝他们喊道，"难道我们是带你们来这儿睡觉的吗？"

他们在安娜妈妈的肩膀上睡得很死，完全没有反应。过了一会儿，显然那个特立独行的小矮人坐在椅子上目睹了这羞耻的一幕，他走到这三个熟睡的小矮人旁边，开始用力掐他们。

"醒醒，快醒醒！你们让我们所有人都丢脸死了！"

他责怪着他们。安娜发现，即使妈妈掐着自己的一只手，也仍困得睁不开眼睛。这毕竟是她来到美国的第一天，而且这一天对她来说十分漫长。更何况，对她来说，现在可是欧洲时间早上五点。

回到家中，安娜妈妈径直走回自己的房间，头一碰到枕头就睡着了。然而，安娜却在床上翻来覆去很长时间都没有睡着。歌剧中的歌曲不断地在脑海里回荡，歌词里还蹦出了奇怪的词语：爱的磁铁、思维的速度、专门看小矮人的镜片……她还能从这个她一出生就存在于周围却最近才发现的新世界听到什么，看到什么？不，不仅仅是出现在她周围，而是就在她的眼皮底下！当生活本身充满激动和惊喜时，真是太让人兴奋了！就像一个童话故事！她想着想着就进入了梦乡。

第七章

云中漫步

一周后，安娜和妈妈乘飞机前往波多黎各。小矮人们挤在安娜妈妈面前的小桌板上，凝视着窗外。

"你们不会跟我说一些你们可以离开飞机到云彩上玩一会儿或类似的话吧？"安娜看着他们，半信半疑地说。

"我们当然不会说这样的话。"Do答道，"我们只会直接做给你看，我不明白你为什么就是不相信我们呢？"他有点郁闷地问。

话音刚落，桌板上就只剩下La了。

"你想看看他们吗？给你小矮人的单片眼镜吧。"他建议。

安娜拿起小眼镜，看向窗外。他们脚下的云彩被夕阳晕染，或粉红或洁白，而且看起来很厚实，甚至可以在上面漫步。安娜见过很多次这样的云彩，也想象过很多次离开飞机去上面漫步。而现在，她的小矮人真的就在那上面，在那些或粉色或白色如山冈如草地的云朵上漫步，仿佛那儿没有地心引力，在上面可以建造出整座城市。

"你每次坐飞机不都梦想能这样做吗？"La打断安娜的思绪，不解地问道，"那现在还有什么可惊讶的？"

安娜点点头，叹息道："你知道吗，我真嫉妒你们！"

"犯傻了吧。"La责备道，"这岂不是意味着你在嫉妒自己！归根结底，还不是你的一部分在那儿！我们就是你的一部分啊！还有，你该不会认为自己是唯一梦想能在云朵上漫步的人吧？喏，用这个单片眼镜看一看！"他又从背心里掏出个小玻璃片递给她，这次是绿色的。

安娜透过单片眼镜一看，大吃一惊：云朵上密密麻麻地挤满了小矮人！有的小矮人只是在漫步、聊天；有的小矮人在玩各种各样的趣味游戏；有的小矮人找到了更为平坦的地带，正在休闲地慢跑；还有几个小矮人藏身在小山丘后，正在用云朵捏出一个又一个圆球，好像这些云朵是用雪堆积而成的；他们把云球垒起来，偷偷地从隐蔽处向外看，似乎是在埋伏谁。安娜仔细观察周围，发现另一队小矮人正在逼近。一场云球大战后，两队敌军扑进对方的怀抱开始相互亲吻拥抱。一处陡峭的山坡那儿聚集了更多的冬季运动爱好者，他们踩着极其微小的雪橇呼啸滑下。旁边的一小块蓝天破开了云朵表层，像是形成了一汪小小的湖泊，一个小矮人——哦，太令人难以置信了！一个小矮人坐在那儿，双腿悬在云朵边缘晃来晃去，手里拿着一根小棍，似乎满心期待着鱼儿上钩。正在这时，他那临时搭起的钓竿迅速向下弯曲……接着，一条鱼从蓝色的湖水里一跃而出，在空中盘旋，落在了小矮人手里。不，不！安娜急忙纠正了自己的想法，是某种像鱼的东西跃出了蓝色湖面，但是这根本就不可能！

"La，我好像出现了幻觉，看到了完全不可能的事。我刚刚看见一个小矮人在那儿钓鱼。"她的声音中满是自嘲。

"有什么是不可能的呢？"La耸了耸肩膀，"很简单啊：这个小矮人是某个人的一部分，而这个人正透过窗户幻想着做那样的事。我不知道你们人类什么时候才会意识到一个人的思想具有不可思议的力量，并且能够实现。正是出于这个原因，正能量的想法才如此重要！因为负能量的想法也能变为现实，这会给那些负能量的人带来很恶劣的影响……无论如何，一切都还好。现在，你看下一个'湖'。"

"湖岸"上坐着一队小矮人，他们把腿伸入"湖水中"，激烈地比着手势，拍着胸膛，似乎正在进行热烈的辩论。安娜盯着他们看了一会儿，突然哈哈笑起来：一个小矮人大大地伸开双臂，仿佛在比画着某个很长的东西，然后获胜一般看着其他人。

而他旁边的那个小矮人，只是不屑一顾地挥了挥手，指着他，似乎在说——也有可能真的这么说的："得了吧，那根本不算什么！你应该看看我钓上来的那条鱼。"说着，他也同样张开双臂比画着，不过他比画的似乎比前者大了两倍。

"看来我们中间有很多钓鱼爱好者。"安娜妈妈意外地插嘴。

安娜突然意识到，她的注意力完全被云朵吸引了，忽略了自己的妈妈，所以她立马取下了眼前的小镜片。然而，妈妈似乎一点儿也不觉得无聊：她正透过同样的绿色小镜片向窗外看去，像孩子一样无比开心。

是啊，当然了，不然她怎么可能做出这样的评价？！安娜心里想着，努力想象妈妈现在的兴奋劲。不管怎样，她知道了小矮人的所有事！毕竟，这只是她有生以来第二次乘飞机旅行。而她第一次乘飞机是在夜间飞往纽约，并没机会看见这些云中奇景！

"你不会以为云朵上的所有小矮人都来自咱们这架飞机吧？"La打断了安娜的阵阵思绪。

"我说呢，"安娜说，"云朵上怎么有这么多小矮人！咱们飞机上根本没坐满人。"

"嗯，空中并不是只有我们这架飞机，还有很多架呢。"

"感谢上帝，给了我们这个爱的磁铁！不然，我们可能已经把你们弄丢了！"安娜说，显然对懂得了小矮人的这个术语感到非常自豪，"它还提醒我关注您那些失去踪迹的小家伙。那边，雪橇旁的那些小矮人，不就是您的吗？"她偏着脑袋问妈妈，"就是他们。瞧他们狼吞虎咽的样子！"

安娜妈妈的小矮人们正拿着棍子扎起一些松松软软、粉红色的球状物，随意地从上面撕下大大的一片，馋相十足地送进嘴里。

"那是什么东西？"安娜好奇地问道，"看起来像棉花糖。嗯，是了，完全有可能。因为您喜欢吃甜食！那个可能是他们用粉红色的云朵做的。"

"快看！"妈妈惊呼道，"看起来那么真实，我都快流口水了。"

"说到食物，晚餐来了。"La嚷嚷道，显得迫不及待。

安娜惊讶地看着他：这是第一次有小矮人对食物感兴趣。

确实，晚餐闻起来香极了。她觉得自己要饿晕了。不过，妈妈可能还在对棉花糖念念不忘呢。这时，两人所有的小矮人都出现在了她们面前的小桌板上，他们急不可耐地走来走去，还不时地往过道那边张望。有一个小矮人躲在一边，向安娜妈妈悄悄做了个手势，把什么东西塞到了她手里。不过，这一切没能逃过安娜的眼睛：那是个很小的、粉色的东西，看起来像是一片棉花糖，下一刻……下一刻，妈妈真的把它放进了嘴里，然后半闭着眼睛品尝起来，随即脸上绽放出幸福至极的微笑。

"嗯，这一刻胜过了一切奇迹！"安娜大感新奇，自言自语。

"小姐，您的晚餐。"空姐的声音把安娜吓了一跳。

所有的小矮人都聚在托盘周围，好奇地偷看盖子下的食物，满怀期待地搓着手。

"来，我们快把它们打开。"他们非常高兴地说着，积极地动起手来。

"快来瞧！"不一会儿，安娜妈妈的一个小矮人模仿妈妈请女儿到餐桌旁就餐时的招牌手势和腔调大声宣布道。

"真有意思！"安娜终于回过神来，对她的小矮人们说，"这是我第一次看见你们饥肠辘辘的样子。"

"噢，那是因为这是我们第一次在飞机上相遇，"So答道，"也是因为飞机上是为数不多的可以提供类似小矮人食物的地方。"

"比如说，你知道这是什么吗？"Re指着安娜面前盘子里的一块甘蓝小包菜问道。

"当然是抱子甘蓝了。"

Re摇摇头，说："嗯，你可以这么称呼它。但它实际上是小矮人卷心菜。这个呢？"他又拿起一个咖啡专用的小塑料盒装牛奶说，"这是小矮人牛奶。"

"说得更准确点，"安娜微笑道，"你提在手里看着更像一桶小矮人牛奶。"

Re无心争辩，继续在安娜的托盘前徘徊，并用博物馆导游的口吻说："女士，这些是小矮人西红柿，不过这称呼仅供您参考。"他指着沙拉里的圣女果说，"还有您甜点碟子里的这些东西，"那是几瓣橘子，"它们，当然就是小矮人橘子了。"

"原来如此，怪不得我每次去超市，总有一种无形的力量把我拉到小袋装食品处。"安娜说，"现在我总算知道这种无形的力量是什么了。"

"也许吧。"Re轻声咕哝着，准备在装着几块西兰花的盘子前面结束他厨房观光导游的工作，"最后一个问题，这个你们称之为西兰花，对吧？"

安娜点点头以示赞同。

"就你们人类的认知而言，你当然是对的。但是在我们看来，这个就是小矮人灌木！另外，在'西兰花'被切成小块之前，对我们来说，就是'小矮人猴面包树'。"

"从现在起，我会管西兰花叫小矮人灌木，管没有切之前的西兰花叫小矮人猴面包树。"安娜说，"我保证做到。我们吃饭吧，不然都要凉了。祝我们用餐愉快！"

"等一下！等一下！"小矮人们还没来得及动手，So就大喊起来，"我有个主意。你们想不想去野餐？去云彩上面野餐？"

"想，当然想！"

"当然！"

"好主意！"小矮人们热切地嚷嚷起来。

"我来做些遮阳伞，这样我们就不会被太阳晒到了。"Fa说着，问安娜和安娜妈妈，"我可以用一下二位的牙签和玻璃杯下的吸水纸吗？"

"当然，这还用说嘛。"安娜说着把牙签和吸水纸递给了他。

Fa马上动手做起遮阳伞来：他先在圆形纸的圆心处扎个小孔，然后沿着半径将其叠成手风琴的样子，最后把牙签插到了孔里，并开始四处寻找能固定牙签的东西。

"给每把伞配一个小面包球就非常完美了。"安娜妈妈说着，递给他两大团面包屑。

"用我的餐巾当地毯吧，"安娜建议道，"至于篮子……"她看着面前的托盘，"有了，把这个碟子清空，它会是个非常棒的篮子，我们还可以用另一块餐巾把它包起来。"说着，她清空了方形的甜点碟。

小矮人们把一棵小矮人卷心菜、几粒豌豆、几粒玉米、几块饼干、一个小矮人西红柿和几块被安娜切成了小薄片的奶酪装进了"篮子"里。"野餐篮子"准备好后，So和那张"地毯"就从桌子上消失得无影无踪了。安娜透过还拿在手里的小矮人眼镜往窗外看去，发现So已经跑到云朵上了。

他在其中一个"湖"附近找到了一个美丽的地方，正铺"毯子"呢。紧接着，Fa便出现在他身边，把遮阳伞插在了"地毯"两边的斜坡上。Mi带去了那"桶"小矮人牛奶，安娜妈妈的两个小矮人则带去了装着食物的"篮子"。随后，除了Do以外，剩下的小矮人都跑到了那里，趴在"地毯"上围成了一圈。

安娜朝面前的小桌板看去：Do还待在那儿，手里抓着两块西兰花，似乎正犹豫该带哪一块过去。

"你要拿小矮人灌木做什么？"安娜问他。

"给外面的'北极'风景增添一点绿色。"Do回答道，说话间，他已经开始在云朵上沿着"毯子"插"灌木"了。

等安娜和安娜妈妈吃完晚饭，再次望向窗外时，"篮子"里的食物已经一扫而光了，只剩几个小矮人还在咀嚼着一两片卷心菜叶子。夕阳西下，云层的景色呈现出一种冰霜般的银蓝色。一看到它，安娜就冷得哆嗦了一下。

"就算那里出现一头北极熊我也不会吃惊的。"她边说边和妈妈一起大笑起来。

"仔细看吧，也许它就在那些喝可口可乐的家伙之中！"安娜妈妈回答。

这时，"野炊客们"回来了。Fa和So把捆成一捆的"毯子"交给了安娜。

"篮子、桶、其余的餐巾纸和野餐剩下的东西都在里面。"Fa解释道，"请把它交给空姐。"

"做得好！"安娜对此很满意，"我刚刚还在想你们会把垃圾留在那儿。"

"啊！你把我们当成什么了？"Fa既吃惊又愤怒。不一会儿，他随即又很快冷静下来，"还有，我不打算把伞还给你了，如果你不介意的话，我想留着它们。"

"当然可以，我不介意。"安娜点头同意。

"如果你允许的话，我们打算小睡一会儿。"Re宣布，显然是代表其他所有人的意见。

"来吧，蜷缩在我的衣兜里睡吧！"安娜妈妈建议道。

小矮人们欣然接受，很快进入了梦乡。

"天哪！"安娜开始大惊小怪，"你知道吗，我把绿眼镜弄丢了！"她弯下腰在地板上找来找去。

"首先，"安娜妈妈说，"它不是绿眼镜，La要是醒了，肯定会马上纠正你。它是绿色单片眼镜。其次，你没必要找它——你也找不到它。"

"我肯定会找到的，"安娜斩钉截铁地说，几乎要钻到座位底下了，"我不能就这样丢了他们的单片眼镜！我怎么这么傻！怎么会这么心不在焉呢！"她在座位底下气喘吁吁地说。

"来，坐这里。"安娜妈妈弯下腰来对安娜说，"我想告诉你没有必要找它。虽然我也只用过几次绿色单片眼镜，但是我知道，事后它会自动回到保管它的小矮人身上。刚开始我也不知道，和你一样非常着急，但小矮人告诉我单片眼镜就是这么来去的。总是如此，毫不例外！"

"哦，谢天谢地！"安娜惊叫起来，松了一口气，坐回座位上后说，"只是……它为什么会这样？"

"我也不知道，"安娜妈妈说，"这有点像物理定律，小矮人的物理定律。目的是杜绝任何滥用行为。至少我的小矮人是这么跟我说的。毫无疑问，用绿色单片眼镜会使偷窥变得易如反掌，这个世界也会变得非常糟糕。"

"那也正因如此，人们不愿意在这件事上强迫小矮人。"安娜沉思道。

"是的，的确如此。"安娜妈妈回答，"只要你想到这一点，就会觉得，现在这样挺好。试想一下，如果人们开始滥用绿色单片眼镜，会发生多少可怕的事情。"

她停了下来，看着熟睡的小矮人，点了点头说道："您知道吗，有时候我会疑惑，究竟他们是我们的小矮人还是我们是他们的人类呢？"

第八章

加勒比海的第一夜

波多黎各像桑拿房一样闷热潮湿。

"即使是冬季，也有地方这么温暖，真是太好了。"安娜妈妈兴奋地喊道，迫不及待地脱下了包裹在身上的层层衣物，"我的孩子，谢谢你带我来到这里。"她亲吻着安娜说，"我迫不及待地想明天就去海里游泳了。"

"我们也迫不及待地想去看青蛙了。就是现在，它们在傍晚时分就会出现。"Re说道。

"青蛙？什么青蛙？"安娜妈妈的一个小矮人战栗地问道。

"哦，难道你们不知道波多黎各最大的特色吗？这里到处是青蛙哦。"Re一边解惑一边双手做了一个非常具有说服力的手势，并环顾四周，"它们是与众不同的波多黎各青蛙。"

眨眼间，安娜妈妈的小矮人们就跳进了手提包里，开始战战兢兢地向外偷看。自认有责任与无知做斗争的Re跟着他们一起，但他止步在手提包的边缘，抓住拎带俯瞰着他们，继续说道："这些青蛙只生活在这里，是独一无二的哦，而且它们不会像别的青蛙那样呱呱呱地叫。它们的叫声类似于'科奎'，因此科奎蛙也成了它们的名字。甚至，波多黎各的国徽上还有它们的身影。"

源源不断的信息仿佛淹没了安娜妈妈的小矮人们，到最后，只有零零星星的几个小兜帽从手提包里露出来，还有一两双亮晶晶的眼睛探出来仔细巡视着附近。当然，当地动物界里的代表可不会出现在安娜和安娜妈妈等出租车的圣胡安机场。

"安娜，你为什么不给妈妈看一下宣传册呢？"Re建议道。

安娜妈妈的小矮人们满怀期待地看着安娜，希望她立即让Re不要再开玩笑了。然而恰恰相反，安娜对妈妈说："是的，我都忘了要告诉您。到达旅馆后，我再给您看它上面写了什么吧。很有意思的。"

"好吧。"安娜妈妈的态度可一点儿也不热切。

"它们小得很，"安娜继续说道，"你甚至可以称他们为小矮人的青蛙。"

"但是，是喜欢青蛙的小矮人们的青蛙吧。"安娜妈妈那个特立独行的小矮人挖苦道。

"我相信我们所有人都会喜欢上它们的。"安娜对他报以微笑，说，"我保证。现在我们先上出租车吧。"

安娜和妈妈入住的酒店差不多位于旧城最高处，从房间里能看见海港湾。她们径直去了阳台。

下面，成群结队的船只一艘接一艘地从海港湾经过，仿佛在接受检阅，在向两位女王致敬。女王们戴着华美的花环，俯视着它们。这时，这些海上军乐队笔直的行列结束了，一艘巨大的游轮像座明亮的城堡从黑暗中钻了出来。目前为止，这样的"皇家人物"只有在电视或电影上才能见到。当然，她们很快也意识到了这一点。此时的她们惊诧不已，完全不顾身在何处，张大嘴巴看着致敬队列的新成员。她们的小矮人，刚才兴奋得大喊大叫，排成排，挥舞着手臂从栏杆上跑过，现在却又急忙掩饰这一失态。刚看见这不可思议的景象时他们激动到差点发狂，下一瞬间却又冷淡下来。就像是得到命令一样，他们假装这种刹那间的冷淡是游戏的一部分，然后以一种无动于衷且又熟悉的姿态冲甲板下的小矮人们挥手，仿佛他们曾不下十次乘坐过这样奢华的游轮。然后，他们继续玩耍起来，不肯再纡尊对这一由人类技术智慧创造的奇迹给予任何关注。

"事实上，陆地上有趣的东西可比这多得多。"So插嘴道，在他看来，这一点毋庸置疑。

"比如说，像'科奎蛙'之类的。"Mi补充说。

由于Mi和So一副鬼主意层出不穷的样子，安娜妈妈的小矮人们都竖起了耳朵，一听这话马上跳到了安娜妈妈的膝盖上，拉下了脸。

"我建议青蛙的话题留到明天晚上再说，"安娜妈妈那个特立独行的小矮人马上站出来打圆场，"现在，我们去浴室玩吧！就当是明天海上游玩的演练了。怎么样？"

"为什么不呢？"Mi表示赞同。

安娜妈妈的其他小矮人急忙表示同意，满腔热情地奔向了浴室。安娜的小矮人跟在他们身后，Mi和So不失时机地咯咯大笑起来，还滑稽地嘀嘀咕咕："我们中的有些人简直就是胆小鬼啊！他们怕什么呢？不就是一些无害的小青蛙嘛！"

浴室里有很多小东西，足够他们找到乐子。还是非常安全的乐子！小肥皂块、小瓶装的香波、护发素、沐浴露、乳液、面霜，还有化妆棉，越洋航班上发给安娜妈妈的袋子也在浴室里，里面有一管小牙膏、一把小梳子，以及各种各样的小玩意儿。当然，并不是每样东西都足够小。但至少，它们在某种程度上看起来像小矮人的化妆用品。

"我们可以在盥洗池里洗个泡泡浴，也可以在浴缸里组织一场游泳比赛。或者，两样都做。"So热情洋溢地提议，他一个接一个地打开那些瓶子，闻了起来，"你们觉得怎么样？那我们应该先干什么？"

"洗泡泡浴。"

"洗泡泡浴。"小矮人们几乎异口同声地嚷嚷道。在这一片喧哗中，安娜妈妈的小矮人们的声音尤其响亮。

Fa用塞子堵住盥洗池的出水口，拧开了水龙头，So把沐浴液倒了进去，几分钟之后，水和沐浴露交融在了一起。小矮人们迅速脱光了衣服，穿着泳衣跳进了"浴缸"中，他们互相泼着水，玩起了泡泡，有些泡泡几乎有他们一半大。Re想把一个泡泡传给Mi，就用脑袋顶了一下，看上去像是把它当成了一个球，但出乎意料的是，他的脑袋钻进了泡泡里，在泡泡未破灭的那一瞬间，Re看起来就像个宇航员。小矮人们大都指着他，狂笑起来，而So、Mi和安娜妈妈那个特立独行的小矮人却试着模仿他，但可惜的是，他们碰到的泡泡无一例外地在手里破裂了。

与此同时，唯独没在"浴缸"里的两个小矮人，Fa和Xi，已经开始为把真正的浴缸改造成游泳池做准备了。Fa剪了几截安娜的牙线，将几个从飞机旅行袋里拿出的一次性耳塞绑了上去，当浴缸里的水差不多有十英寸（25厘米）深的时候，他关上了水龙头。接着，他俩量好距离，各站一头，把牙线绷得直直的，做成了类似泳道的东西。做好这些后，Fa高兴地站在盥洗池边上，郑重宣布："泳池已经准备好了，我们随时可以开始比赛。"

简易"浴缸"里的喧闹声渐渐平静下来，小矮人们擦擦眼睛，望着真正的浴缸。在他们看来，它就像一个奥运会比赛规格的大泳池。So和Mi很快离开了泡泡浴池，在泳池边就位。紧随其后的是Re和La，他们沿着浴缸边缘走来走去，想要选一个绝佳的跳水位置。

"你们又不参加吗？"Do问依然泡在"浴缸"里的安娜妈妈的小矮人们——显然，这类比赛不是第一次进行了。

"为什么不尝试一下呢？你们在波多黎各开始游泳，这会被载入史册的。"Xi试图说服他们。

　　"嗯，明天再说吧。洗了泡泡浴后，再游泳就太冷了。"安娜妈妈的一个小矮人避重就轻地说，显然这是其他所有小矮人的想法。只有安娜妈妈那个特立独行的小矮人例外，他正昂首阔步地在So、Re和Mi身边走来走去，脸上尽是不耐烦的神情，似乎想告诉Xi，不要把时间浪费在这些胆小鬼身上。

　　"那好吧。"Xi放弃了，"你们可以和以往一样，在慢滑道嬉水。当然，要是你们愿意的话，那是你们的游泳圈。"他指着安娜的一堆彩色发带说，显而易见，之前他和Fa把它们放到浴缸旁边的搁架上，正是这个目的。

　　几个安娜妈妈的小矮人走了过来。他们戴着游泳圈，沿着浴缸斜面，像在滑梯上一样，扑通一声滑进分配给他们的泳道里。剩下的几个小矮人选择待在"浴缸"旁观看比赛。"运动员们"则在各自的泳道前站成一排，专心致志地进行赛前热身。

　　"这一次，我建议邀请安娜来做裁判，帮我们发出比赛开始的信号并计时。"Xi说，"我当够裁判了，总是我一个人在当。再说，她还没有参与过我们的比赛呢，可能她会觉得很有趣……"

真是说曹操，曹操到，Xi正说着，安娜和安娜妈妈走进了浴室。安娜妈妈不是第一次看见这个"奥运会场景"了，因此她只是微微地笑了一下，但对安娜来说，这可是又一大惊喜。她仔细检查了游泳的小道具，大声说道："原来如此！我一直疑惑为什么我的发带总是湿漉漉的，牙线也总是很快用完。而且每次我从酒店里带回来的香波、沐浴露以及其他所有的小玩意儿都会不知不觉就没有了。现在我明白了。"安娜轻轻爱抚着So和La的脑袋，接着说，"好吧，好吧。从现在起，我会专门把这些东西带回来给你们，不会再留作纪念了。

"你到现在还认为，你之前把它们带回来不是为了我们的吗？"Mi俏皮地微笑。

安娜不解地看着他。

"嗯，你觉得为什么大多数人喜欢把这些小玩意儿从酒店带回家？"Mi解释起来，态度严肃而又认真，这时候的他看起来非常像Do，"你刚刚说'留作纪念'，大多数人都会这么说。但事实上并非如此。无论他们这么做是有意还是无意，他们都是为了自己的小矮人拿的。已经'见到'自己小矮人的人，知道小矮人们多么喜欢玩这些东西，还没有'见到'的人，这样做和处理飞机上的食物的道理一样，只是因为这些小东西以某种奇特的方式，让他们想起孩提时代在玩具屋里玩耍的情景。事实上，与其说是在玩具屋里玩耍，不如说是在和玩具屋里的小矮人们玩耍。可能你已经猜到了，正如童话故事里所写的'玩具娃娃醒了过来'，这完全是幻觉。实际上，是我们住在你们的玩具屋里。"

"噢，"安娜一脸严肃地点点头，显然是在模仿Mi，"嗯，有人在你身边为你揭开生活的秘密就是不一样，很有趣。看来你一下子变得无所不知了。"然后她看着Do，大笑着说，"你有失业的危险了！"

"可是，在那之前，我自愿把我的工作交给你。"Xi打断她说，"每次都是我当裁判，我当够了，烦透了。要是你不介意的话，请给出开始的信号，然后帮我们计一下时吧。"

安娜还没来得及说"好"，他就把一个小小的玩具口哨和他的笔记本交到了她手里。

"各就各位，预备！"安娜马上转向比赛现场，"三、二、一。"

　　每个人都屏气凝神，紧接着安娜吹响了口哨，"选手们"跳进了"游泳池"奋力向前，与此同时，裁判关注着赛场和时间。

　　那个晚上，安娜吹响了很多次口哨，每一次，"选手们"都跃入水中，力争胜利。他们都想获胜，总是寄希望于下一场比赛能赢，但是安娜妈妈那个特立独行的小矮人每次都得第一名。这也不是偶然的，无论是戴着游泳圈的小矮人，还是泡在盥洗池里的小矮人，当然还有安娜妈妈，所有的观众都为他加油喝彩。

　　到最后，大家都筋疲力尽。在说"晚安"之前，他们唯一还有余力做的事情就是再次来到阳台上，看看圣胡安海湾和繁星满布的夜空。空中充满了奇特的叫声："科奎！科奎！科奎！"声音来自四面八方。

　　"我就说嘛。"Re兴高采烈地跳起来，仿佛这一刻，他一直努力证明的事情得到了全宇宙的证实。

　　"科奎！"Mi学了起来。

　　黑暗里马上传来了回应："科奎！"

　　"科奎！"其他的小矮人也跟着叫了起来，连安娜和安娜妈妈都加入了进来，回应声从四面八方传来。

第九章

波多黎各，离太阳更近

然而，第二天早上，事情开始得并不顺利。

安娜醒了之后感觉到身体不舒服，他们便没有按照计划去海滩，而是请来了一位医生。医生建议安娜在房间里至少休息两天。

"不要那么沮丧，"医生走后，安娜妈妈安慰安娜，"首先，你要先把药吃了，我会和小矮人一起努力帮助你尽快好起来的。"

"我希望你们可以！"安娜难过地答道，"唉，奇迹也有结束的时候。很抱歉，我用这样的方式破坏了你们的假期。"

"胡说！任何人都有可能发生这样的事，"安娜妈妈责备道，"你这样看待奇迹是不正确的。"她坐在安娜的床边，握着她的手。

"我们现在并不是在讨论奇迹，对吧？"安娜妈妈对坐在安娜周围，焦急看着安娜的小矮人们说。

他们点头称是。

"无论你信不信，我们都会尽力帮你，"安娜妈妈继续说道，似乎代表了其他人的意见，"我们希望这种帮助既有用，又能使你觉得有趣。因为你将会学到至今一点概念都没有的事情，一件当你生病时，小矮人们一直做的事情。当你还是一个小孩子的时候他们就已经开始做了。"

这一刻，安娜的好奇程度跟她高烧时的体温一样了。

"好吧，那还多亏我生了这场病！如果这就是让它变得如此有趣的方式的话。"安娜努力使自己振作，开起了玩笑。

"你还记得我答应过你，要给你看收藏的所有神奇单片眼镜吗？"La说，"来，看看这个。"他递给安娜一个小小的、烟熏黑夹杂着褐色的眼镜，"你能猜到这是干什么用的吗？"

"像是日食观测眼镜上的一块玻璃。"安娜回答，"但我不知道它是用来做什么的。"

"聪明的女孩！"La高兴地说道，"这是一个太阳单片眼镜，戴上它们的时候……有七副这样的眼镜，因此我用了'它们'一词。所以，当我们戴上它们的时候，就能到太阳那里去。就像这样。"他递给Fa一个褐色的眼镜，

Fa一戴上，就消失不见了。

"到太阳那里去？"安娜惊呼道，"请你给我小矮人的单片眼镜，好吗？我想看看他。这太有趣了！"

"不可以。很遗憾，你看不到在那里的他。对人类来说，即使戴着小矮人的单片眼镜，长时间盯着太阳看，也是很危险的。因此，你不能那样做，你只能竭尽全力去想象它。想象着现在Fa已经在那儿，他从开衫口袋里拿出一个很小很小的桶来。"

"就像这个。"Re插嘴说道，从口袋里掏出了一个小东西，看上去就像一个有把手的圆点。

"它太小了，我也只能试着想象一下。"安娜说。

"现在，"La继续说道，"Fa正拿着他的水桶从太阳中汲取能量，一会儿就会回来。"

话音未落，Fa就出现了。

"很明显，你们是决定转移我的注意力来治好我的病。你们以为，只要让我忘记自己病了，病自然就会好。"

"不是这样的！"La摇摇头，一副随时会把手帕变成一只鸽子的魔术大师的样子，"我们已经非常认真专注地在为你的康复而努力。你认为，Fa为什么会去太阳那里？

他为什么要用太阳能量桶把这种物质带回来呢？提醒你一下，它是这些桶的名字，我们每个人都有一个……为什么？当然是为了我们亲爱的病人了！现在，再用另一个神奇单片眼镜看看。事实上，它最不像单片眼镜，但它也是最有魔力的，很快你就会明白为什么。"La拿出一副镶有金属边的微型眼镜递给Fa，Fa将太阳单片眼镜还给他，接过眼镜戴上了后，整个人立刻开始变小了。

安娜皱了皱鼻子，揉起了太阳穴。

"别，别。"La叫道，"你没有眼花，也没有因发烧产生幻觉。Fa是真的在变小。因为这副眼镜的功能就是这样的，它们就是变小眼镜。我们只有在这样的情况下才使用它。给你，你拿着这个单片眼镜看，看发生了什么。"他边说着边给了安娜一个类似于放大镜的小玻璃片。

与此同时，Fa沿着安娜的手臂往上走，已经快到她的手肘那儿了，此时的他已经变得只有原来一半大小。安娜用那个小放大镜对着他看，却看到她皮肤上的毛孔显得无比巨大，她的手臂就像是奇异的、布满了陨石坑的月球表面。

Fa正站在陨石坑边缘，他还在继续缩小，小到已经看不见他手里的带柄小圆点了，小到他本人看起来则像个小点，最终，他消失在陨石坑里。

"你现在又得尽力想象了。"La的声音把安娜唤回了现实世界，现在她的毛孔是正常的毛孔了，"闭上眼睛，想象着Fa此刻如何找到了你体内生病的细胞，用一把极其微小的刷子，给它们刷上了太阳能量。你想象得到吗？"

"我尽力！"安娜回答，然后紧紧地闭着眼睛。

"很好！你要知道，如果你真的能尽力想象出这一切，对他会有很大的帮助。"La鼓励道，"接下来，我们会紧随着Fa一起做这些，希望能帮助你的细胞更快复原。"

安娜情不自禁地睁开双眼，看到La正在给她其余的小矮人分发太阳单片眼镜，他们手里拎着那似圆点一样的小桶，一个接一个地消失在空气中。安娜妈妈的小矮人们也同样如此。没过多久，他们全部回到了安娜的床上，在鼻梁上架上变小眼镜，然后逐渐隐没在手臂上的"陨石坑"里。安娜抬头看着一直握着她另一只手的妈妈。

"所以，从我小时候……"

"现在，"安娜妈妈打断安娜的话，"请不要问我任何事情。现在我只要你集中精力想象出La告诉你的情景。

相信我！这会更有效果的。"

对于刚刚所发生的一切，安娜惊诧不已，于是她立刻乖乖地闭上了眼睛，开始想象她的小矮人和妈妈的小矮人这时是如何在她体内涂太阳能量，这种能量又是如何充满她的细胞的。她仿佛能亲眼看到这些生病的细胞！每一个细胞都长着脸，脸上的表情却是无精打采，闷闷不乐。突然，它们开始变得精神振奋，很快绽放出了笑脸，这种感觉就像纪录片里，一朵花从绿芽到全然怒放的过程。

安娜睡了几个小时，醒来后感觉好多了。她张望四周，妈妈还在原来的地方，小矮人们互相依偎着在她腿上睡着了。

"刚刚的一切都是梦吗？"

"不，"妈妈微笑道，"我告诉过你，从你小时候起，每次生病了，小矮人们都会帮助你更快痊愈。"

"但你也说过，这不是奇迹。如果这不是奇迹，那它是什么？！"

安娜妈妈犹豫了一会儿，然后答道："这当然不是奇迹了，它是爱。难道你觉得，当我生病的时候，小矮人们——我的和你的——不会为我做同样的事情吗？只不过，当你坐在床边，挨着我非常希望能帮我更快痊愈时，实际上你已经让你的小矮人们带回能治愈我的太阳能量了。

安娜拉过妈妈的手，吻了吻她的手掌，将自己的脸颊贴在上面。

"非常感谢您。"

"不用感谢我什么，"安娜妈妈回答，"都是小矮人们……"

安娜笑了："一个人也能这样帮助他自己吗？"

"当然。你只需要告诉你的小矮人们，带着太阳能量桶，去太阳那儿弄些能量回来，然后指挥他们去你感到疼痛或者不舒服的地方就行了。然后，你必须闭上双眼'看着'他们。看他们是如何到那里，如何在生病的细胞上涂太阳能量的。如果你努力集中精力，长时间地'看着'他们是如何治愈你的，他们的效率就会更高。每个人都能通过这种方式帮助自己。"

"似乎很容易啊。"安娜激动地说。

"表面是这样，实际上也不尽然。因为相比较而言，吃了药后什么都不做，只等着好起来更容易些。虽然那样一来，效果会慢很多，但是你不会那么疲惫。小矮人们的太阳疗法，需要你的努力。这种方法有效，我们却不习惯。因为它在我们体内，作用于我们的身体，看不见摸不着，对其有效性没法进行客观的衡量。因此，人们很容易半途而废或者干脆从不使用这种方法。我们回到重点问题：我们更容易投入精力到周围的事物上，而不是我们自身内部。另外，很多人不相信我们有这种能力，不相信'自身内部'的力量如此强大。因此，他们一旦生病，就会很恐慌，而恐慌本身才是最可怕的东西。它会阻碍我们体内的能量——这种能量，其中一部分我们知道，另外一部分我们对其依然毫无认知。"

"你早就应该睁开双眼看看那部分能量。"Do补充说，假装自己很聪明，但很明显他刚刚才睁开眼睛。

其他的小矮人也都醒了，跳上床来，围在安娜身边。

"如我所料，你好多了！"La深感欣慰，"今天，我们再做几次太阳疗法，我敢打赌，到了明天早上，你就会完全好了，可以去海里泡着了。"

"在去太阳那儿之前，你愿意帮我点儿别的忙吗？"安娜问道。

"当然！"La说，"你只要告诉我你想要做什么就行了！"

"给我看看其他的单片眼镜吧。不过说实话，还有吗？
据我所知……"她犹豫了一下，一根根扳起指头数起来，
"按出现的顺序来说：小矮人单片眼镜、绿色单片眼镜、太
阳单片眼镜、变小眼镜……我想得起来的就是这些。"

"还有两个，"La递给她一个小的粉红色玻璃片和黑
色玻璃片，"你猜得出来，它们是用来做什么的吗？"

"嗯，粉红色这个能让人用乐观的心态看待世界。"
安娜笑道。

"别笑，你肯定想象不出来自己说得有多对！"La
说，"当所有的一切对你来说都是没有意义的黑色时——
我的意思是人类——换句话来说，当人们无缘无故感到沮
丧时，当人们经常因为一些愚蠢的事而感觉世界末日已经
到来时，我们会给你们戴上粉红色单片眼镜。如果这还没
用，我们就会给你们戴上黑色的。通过黑色单片眼镜，你
们会看到世界上还有很多更糟糕的事情，你们就能发现，
自己的烦恼不值一提。你们通常会为什么事情烦恼呢？不
外乎是与金钱、名利等有关。"La叹息着点点头，一副一
生中已经忍受太多的智者模样，"归根结底，所有一切都

取决于你以什么样的态度看待它。"

"或者说，实际上是取决于我们通过什么样的单片眼镜来看待它。"安娜纠正他说，"哦，我忘了一个！那个放大镜，还是说那个并不算数？"

"你为什么会觉得它不算数呢？"

"嗯，因为它不神奇，它不过是一个普通的放大镜。"

"你错了。实际上，它和别的眼镜一样神奇。只是因为到目前为止，你们根据自己的物理法则，已经认识到它是一个放大镜。因此，你认为其他的眼镜神奇，而它不神奇。再说一遍，所有的一切都取决于你看待它的态度。如果你的判断基于你认为放大镜不神奇这一点，那么其他的眼镜就是神奇的。不过，要是你的判断基于其他眼镜和放大镜一样，那么结果就是，所有的眼镜都不神奇。但是，如果你假定，其他的眼镜很神奇，而放大镜和它们是一样的，那这就意味着，所有的眼镜都是神奇的，包括放大镜在内。"

"噢，我已经跟不上你的思路了。我完全糊涂了！"安娜打断了他，"我想，我最好还是再多睡一会儿。"

"我想，我们最好拿着太阳能量桶再去一次。"Fa说。

第二天早上，安娜醒来的时候已经完全康复了，他们的假期终于可以真正开始了。不过，之前的一天一夜发生的一切——安娜目睹的奇迹，她在小矮人们的"指导下"想象出来的奇迹，以及她所知道的在她睡着期间发生的一切奇迹，都让接下来一周那不可思议的刺激经历相形见绌。

当然，就小矮人以及安娜妈妈而言，这都不算什么。因为这些奇迹对他们来说一点儿都不新鲜。新鲜的是，大海中温暖的海水、海滩上斜斜的棕榈树、坡度极大的街道与旧城的异域风光、环绕圣胡安海湾的半岛最高处壮丽的堡垒、雨林以及小矮人们发现巨大的棕榈树叶是这个世界上最好的水上滑梯之后筹办的盛大游乐活动。

一周后，他们回到了安娜在纽约的住处，假期里的照片已经洗出来了，接下来好几天，小矮人们都非常开心，他们把照片摊在床上，在照片周围蹦来蹦去。

"这张我在这儿！"

"还有这张我在这儿！"

"记得我们在这棵棕榈树梢上玩得多开心吗？"

"还有这片海滩！"叫嚷声此起彼伏，然后是哈哈大笑的声音。

　　"记得这些在城堡那儿拍的一样的照片吗？安娜妈妈让安娜不要在同一个地方没完没了地拍，两个人吵起来的时候，太好玩了。"

　　"嗯，实际上这是个不错的主意！现在，我们每个人都能分到一张。"

　　对安娜来说，这些照片是在岛上的留念。的确，她玩得很开心，看到了很多新奇的自然美景，但更重要的是在那儿，她发现了体内隐藏着不可思议的能力，发现了爱的力量是多么伟大。并不是说，她以前没有听说过或读到这类事情。但这是她第一次亲眼看到，并且她还全身心地感受到了。现在她知道，这世上不止有美丽的词语，这些词语都真实存在着。总而言之，安娜在波多黎各岛以一种她前所未知的方式，发现了自我。

第十章

黄水仙花

　　小矮人们携带的东西对人类来说也是隐形的，这真是太好了！更准确地说，这是就那些和安娜的小矮人毫无关系的人而言的。否则，安娜居住的城镇里便会发生些令人困惑不解的事情。因为，每天晚上当安娜从纽约市区回来时，人们都会看到一支奇怪的队伍，他们总是极为庄严地朝火车站走去。安娜的妈妈一马当先，在她身后，距地面高三英尺（约92厘米）处，是一朵接一朵地飘浮着跟进的七朵黄水仙花。而在花茎底部平行处，每次都飘浮着不一样的东西——卷着的红围巾、镶在木框里的安娜的照片、玩具小号和玩具鼓，以及其他的各种各样的东西。路人们不仅能看见这所有的一切，还能听见队伍里的声音，一定会目瞪口呆的。因为根据万有引力定律，这些东西和花在空中甚至飘浮不了一分钟，更不要说现在它们不但飘在空中，还按照一整套轻快的流行歌曲的节奏上下跳跃，而且还有一个看不见的合唱团以十分不协调的声音，高声唱着这些歌曲。

经历了过去十天发生在身上的一切后，再回到平淡的日常生活和事务中来，对安娜来说一点儿也不容易。再说，让一切都完全恢复到原来的样子也不可能。不过，有些事情还是不得不以原来的方式继续下去。安娜妈妈很快就要离开安娜回欧洲了，而就在这所剩不多的时间里，无论安娜有多难过，她也不得不每天去纽约城里的大学上课，把妈妈留在家里。

因此，当安娜妈妈和她的小矮人们想出这样的欢迎仪式后，让安娜十分振奋。每晚都有不同的惊喜。

第一次，小矮人们装作在接见一位拥有王室血统的贵宾。安娜的围巾充当了红地毯，小矮人们做出一种十分庄严的样子在她面前铺开它，然后他们假装托着她华丽礼服的裙摆，并称她为公主殿下。

第二次，小矮人们假装安娜是国家元首。他们在军乐队的奏乐声中，带着她的肖像向她致敬，行进途中还绷着脸，神情异常严肃。不过，因为他们行进的动作看起来像某种介于芭蕾和武术之间的东西，安娜的小矮人们，那些极其不称职的充当着"随访团"角色的小矮人，全都笑破了肚皮。而Re，或者更准确一点说是这一仪式里的"外交

部部长"，以一种貌似神秘，实则每个人都能听见的腔调
评论道："我的天哪，总统阁下，我们没有来错国家吧？
这些军人的举止真是太奇怪了！"

第三次，假装有一位享誉世界的电影明星为了不引人
注目地旅行，乔装成了安娜的样子出了火车。但一如既
往，对媒体来说，没有任何秘密可言。因此，一群微缩版
的"记者"冲了上去，想要采访她并向她索要签名，拍摄
照片。安娜妈妈的那个特立独行的小矮人，以他最严肃的
态度，递给安娜一块一平方英寸（约6.5平方厘米）大的方
形橡皮泥，并恭敬地请她为全世界"最著名的"名人堂里
的一个讨厌鬼，在上面留下拇指指纹。

还有一次，安娜妈妈独自在站台上等她，让安娜十分
意外。

"小矮人们呢？"曾经的女王、总统以及大明星，现
在显然只是一个普通的凡人问道，她四处张望着，脸上带
着明显的失望，"还是说，这就是今天的惊喜？！"

安娜妈妈只是摇了摇头，拉长着脸，那意思好像是
说：噢，永远不要低估那些小矮人！她指着铁轨那边写着
大大的黑色涂鸦文字的混凝土墙。

许久以来，墙上都写有警告乘客的话："Beware! The American dream has put you to sleep（当心点！美国梦已经催眠了你）！"

"今天，我们为你准备了一场特别的表演，类似舞台造型秀。"安娜妈妈庄严地宣布，脸上带着一种似乎不愿意对这次尝试的严肃性有丝毫怀疑的表情，她接着说，"这是小矮人单片眼镜，你也知道，艺术体现在细节里。"

安娜的眼力很好，借助眼镜之前，就能看见一个小矮人手枕在脖子后，腿向上伸着，喜悦而慵懒地躺在"put"的"p"字母里，就像是躺在吊床里。涂鸦文字有些地方的油漆非常稠厚，小矮人们可以毫无问题地待在文字里面或上面。这门艺术的确在于细节。透过眼镜，安娜从"特写镜头"中就可以看出一个小矮人表情非常严肃地站在第一个感叹号的顶端，食指在空中挥舞——显然，是为了加强那段话的警告效果。

还有一个小矮人站在另一个感叹号的顶端，双手在嘴周围做出喇叭状，竭力呼喊着："醒醒！醒醒！"他一会儿冲着站台上的乘客，一会儿冲着"吊床"里的表演者，后者显然代表了已经被催眠的那部分美国公民。

安娜在特写镜头里发现这个角色是由妈妈的那个特立独行的小矮人所扮演的。

另外，两个小矮人承担了叫醒"沉睡的公民"的任务，他们从相邻的两个字母上，伸出两朵黄水仙花，试图去骚扰那个特立独行的小矮人的鼻子。

他们旁边，在第一个"t"上，另外一个小矮人，正极力装作看不见他们，因为哪怕他发出最轻微的笑声，这个至关重要的角色就会被毁得一干二净。但他随时有可能笑场，因为他的腮帮一直在抖动。他裹着一块布，就像穿着一件古罗马长袍，僵硬地站在那里，一动也不动。他一只手的手指大张着举过头顶，仿佛是一束放射光线，而另一只手笔直地向上举着，一朵黄水仙花从他的拳头中伸出。

与这个微型的自由女神像平行之处，情景与涂鸦文字和其他所有"演员"完全不协调。一个小矮人以芭蕾舞的姿势站立在另一个"t"的顶端，一条腿向后伸着，两只手在头顶环成圈，很明显，他一点儿也不在乎自己完全是在破坏整体效果。他的同伴们也很快发现了，对于他们这些非专业人士来说，一场伟大的表演实在是苛求。因此，确保安娜欣赏够了他们的艺术之后，他们就开始欢快地向她挥动手里的黄水仙花。

是的，对于花样繁多的欢迎仪式来说，黄水仙花始终是不变的一部分。既因为今年的春天来得早了一些，也因为它是安娜最喜欢的花。

实际上，在前往火车站的路上，安娜妈妈身后鱼贯而行的黄水仙花队列里，经常不止七朵。因为一如安娜想尽可能多地和妈妈在一起，不管安娜是在火车上还是大学里，她的几个小矮人都会冲回家和妈妈的小矮人待在一起。只有Xi一直和安娜在一起——毕竟，大学里的笔记要记下来。

每天傍晚，当火车快要进站时，Xi就会急不可耐地从某个衣兜里探出头来，一旦欢迎仪式上隆重地把黄水仙花递给安娜，他就立马跃上花朵的顶端。安娜发现，这种时候，他总是异乎寻常地活跃，不过她把这个归因于热烈的欢迎仪式以及他大体上可以称之为古怪的性格。有一次，她觉得Xi向一朵花弯下了腰，似乎在和谁说话，但因为那著名的笔记本如往常一样被他拿在手中，她又觉得他不过是在大声读着什么。

每次在安娜那儿，小矮人们总是会往她书桌上的花瓶里放一束鲜花，然后在第二天，把它和前一天的黄水仙花一起移到地板上一个更大的花瓶里。安娜发现，Xi仍继续和这些花黏在一起——他栖息在其中一个花瓶的瓶口处，而不是像往常那样，缩回到某个角落。但她心想，毕竟写作可是一项异乎寻常的工作，需要得到缪斯女神的特别眷顾，因为她近来都不愿意写东西，那么同理可推，也许他的灵感也已枯竭了。

然而，一天晚上，安娜坐在书桌前看书时用眼角余光瞟见，Xi又一次舒舒服服地栖息在花瓶瓶口，与新鲜的黄水仙花待在一起。他不仅嘴里说着话，手里还兴奋地比画着。安娜匆匆瞥了一眼身旁的床，不久前她曾看到其他的小矮人都在打瞌睡——他们仍然在那儿。至于妈妈的那些小矮人，已经和妈妈在另一个房间里，睡了很久了。花瓶摆在桌子右手边角落里，尽管没在台灯的光照之下，安娜还是看得很清楚，Xi的手里没拿那个笔记本——所以他肯定不是在朗读上面的内容。

小矮人的奇怪举止把安娜弄糊涂了，她举起台灯，将那个花瓶照得更亮些，但又不至于晃到Xi的眼睛，看来，他确实是在和谁说话。而且，这个人好像挨着Xi也坐在瓶口。

安娜几乎敢笃定，她能看见某个小人儿一样的东西。但因为黄水仙花紧紧地聚集在一起，她根本无法确定她看见的究竟是什么东西，或者她是否真的看见了Xi旁边还有人。

安娜放下手里的书，把花瓶拉近自己。Xi的手保持着停在半空的姿势，显然一句话刚说到一半，他给了安娜一个疑惑的表情。一个千真万确的事实是，还有一个小家伙从瓶口那儿望着安娜。

它长得和小矮人很像，但又有一点不同：它比Xi小一点，非常瘦弱也因此而显得异常苍白，近乎透明。安娜觉得，她都能透过这个小东西看见那些花。它的穿着很奇怪，是类似于休闲裤和带兜帽的运动衫的东西，而且都是用黄水仙花的花瓣做成的。他的脸藏在一团金黄色的、卷曲的、明显没有梳理过的头发中。

"你是谁？"安娜全然失措，大声问道，那样子就像一个人看见一只小猫或小狗突然出现在一个意想不到的地方。

那小家伙从花瓶口跳下来，或者说是飞了下来，若即若离地飘在桌面上，羞涩地鞠躬道："嗯，我是……我是我。"

Xi也马上跳了下来，打起圆场："他是……我该怎么

向你说呢？他是……一个无家可归的小矮人。无家可归的
小矮人中的一个。"

那个小家伙耸耸他那单薄的小肩膀，冲安娜微微一
笑，像极了一个害羞的孩子，他显得如此脆弱而又美丽，
安娜马上想拥抱他。

"我以前不知道，还有无家可归的小矮人这样的事
情，"安娜说，"他……呃……他对我来说，更像个童话
故事里的小精灵。"

"事实上，"Xi继续说道，"那些小精灵都是无家可
归的小矮人，他们帮助人类。你也从童话故事里知道，小
精灵帮助人类，不是吗？"

"是的，我知道。但我不知道，那些小精灵是无家可
归的小矮人。他们究竟是怎么样变得无家可归的？"

"你还记不记得，我们乘出租车前往帝国大厦的途中，
Do告诉你，在一种情况下，人类会失去他的小矮人？"

"是的，我记得非常清楚。他说：比如说，当一个人
迷失自我的时候。我还是不明白，他那样说究竟是什么意
思？一个人怎么迷失自己？"

"嗯，的确很难，但也不是不可能。不幸的是，有些

人千方百计想达到这种效果。"Xi悲伤地说，"如果一个人不再相信生命中最本质的东西——信仰、希望和爱；如果一个人除了钱，不再看重任何东西，变成挣钱机器后，这个人就迷失了自己。更准确地说，一个人失去了他的人性。最本质的东西无法用钱来衡量和买卖，这是必然的。如果一个人以这种方式失去自我，他就会失去他的小矮人。

"明白了。那爱的磁铁呢，它会发生什么事？"安娜问。

"它自然会停止工作了。因为当一个人以这种方式迷失自己时，他自然也就不会再爱自己。从表面上看，这听起来可能不合逻辑，但事实是，只有那些不爱自己的人才有能力干出一些邪恶的事。因为如果你爱自己，你只会对别人做一些希望他们同样对你做的事情。每一个明智的人都明白，他做的一切——无论好坏——就像一个回旋镖一样，迟早会回报到他身上。因此，理所当然，那些迷失自己的人身上发生的第一件事就是，爱的磁铁停止工作，接着失去了他们的小矮人。在此之后，这些人只能在极短的一段时间内保持强大。因为在他们失去人性的同时，他们也失去了内在的天性，变成徒有一副人类皮囊的空壳子。你知道，有时候童话故事里的恶棍被描绘成没有影子的人。失去小矮人的人和这有些类似。"

"太悲惨了！"安娜说，"那么对于可怜的小矮人来说发生的第一件事就是变得无家可归了。你也是因此这么消瘦，近乎透明的吧？"

Xi说话期间，他们的小客人已经飞了上去，再次待在了瓶口那儿，现在正睁着他的大眼睛，满脸笑容地看着安娜。

安娜对他说："你一定要和我们住在一起。"

"谢谢，非常感谢你。"他回答，又羞涩地耸了耸肩膀，"不过，Xi没有告诉你全部。我们无家可归是因为我们没有人类的家，但是我们可以住在花蕾里。比如我，最喜欢的花就是黄水仙。"

"它也是我最喜欢的花。"安娜说，"那从现在起，当我给花园里的黄水仙浇水时，我就会找你，或者我也可以叫你。不，实际上不行。如果你自我介绍为'我是我'，"她尽力模仿他，"那意味着你没有名字。"

"我没有名字。"

"但你肯定从Xi那儿了解到，我们在想名字方面有多么在行吧？"

"啊哈。"无家可归的小矮人点点头，继续微笑，并且又害羞地耸了耸他的小肩膀。

"那么，如果我们给你起个名字，你不会介意吧？O怎么样？Oliver的O，奥利弗·特维斯特（《雾都孤儿》里的主人公），不管怎么说，你是我遇到的第一个无家可归的小矮人。"

"O？"小客人深思了一会儿，再次面露喜色，从他的花座上跳下来，落在Xi的旁边，开始绕着他跳上跳下，或者说飞上飞下。

"你喜欢这个名字吗？"Xi仰起头，并用拇指和食指比画出了一个"O"，肯定道："完美！"

"等等！等等！"安娜打断了他们的兴奋劲儿，"刚才说到你是我遇到的第一个无家可归的小矮人，这让我还想起了别的事。你俩可以给我解释一下吗？我为什么能看见一个既不是我的，也不是我爱的人的小矮人呢？据我目前所知，我必须要通过绿色单片眼镜才能看见其他小矮人。"

"道理非常简单，"Xi回答，"每个能看见自己的小矮人的人，都能看见无家可归的小矮人。"

"噢。你这样的小矮人多吗？"安娜问O，"我希望不多，不然的话太不幸了。不管对你们，还是对那些人……"她有些说不下去了，"我只是难以相信真的有这种人，必须做点什么，以免有更多的人……迷失自己。"

"我们这样的并不多，"O说，第一次他的微笑完全消失了，"但也不算太少。我认识几个无家可归的小矮人。他们每一个也认识一些。正如你说的，必须做点什么，这也正是我们一直在和Xi讨论的问题。"

"你得把你认识的其他无家可归的小矮人都带来。"

"好。"

"事实上，"安娜有所犹豫，"你介意我说起你们的时候，称你们为'小精灵'吗？'无家可归的小矮人'在我听来太悲惨了。"

"我当然不介意了。"O立马同意了。

"太好了！"安娜冲他一笑，"现在，我亲爱的O，我想告诉你，我有多高兴……"她不自然地住了嘴，"我刚刚是想说，我很高兴能认识你，但我觉得这太蠢了。我知道这不是和小精灵说话的方式。我更愿意告诉你，对于你来到我们这里，我有多么的高兴。我希望你明白，在这儿你永远受欢迎。"

"谢谢你，安娜。"O回答。

"你和Xi继续你们的谈话吧，我要上床睡觉了。我本想为了明天的事，至少再读两章的。"她指着自己搁在一边的书，说，"但实在是太晚了。另外，我觉得，我今天晚上学到的东西，比读完整本书学到的东西都要多。台灯给你们留着，晚安！"

"晚安！"Xi和O先后回礼道。

安娜像往常一样爬上床，在转身面朝着墙入睡之前，她又看了看那个花瓶。

Xi又坐在了瓶口上，再次说起话来，并兴奋地比画着，在他旁边……她现在可以笃定，他旁边是一个仿佛由空气织成的、瘦小的身体，穿着一件用花做成的衣服。在黄水仙花的顶部，一个顶着一头金发的脑袋频繁地点着。

"如果小精灵真是无家可归的小矮人，"安娜心里想，"谁知道那些童话故事里的其他人物原本是什么呢？"

第十一章

飞翔的花束："欢迎"与"再见"

　　小精灵O的出现，或更准确地说——无家可归的小矮人的出现正是时候。安娜妈妈不久就要回欧洲去了，他们决定举行一个小型欢送会，作为纪念。现在有了小精灵O，如果他还能带来其他无家可归的小矮人“伙伴”，这个聚会将成为一个真正的盛宴。O告诉Xi和安娜，他的朋友们很高兴地接受了邀请，已经开始准备了。

　　安娜和妈妈买了各种各样的“小矮人”美食，或者说，是Fa在超市里指明要买的。他告诉安娜和安娜妈妈，那些东西肯定会大受欢迎的，特别需要注意的是大小合适的水果：黑莓、蓝莓、覆盆子。他们甚至在一家专卖店里发现了一些野草莓。当然，他们并没有忘记准备大量的巧克力棒和黑巧克力，并把它们磨碎。

　　So、安娜妈妈的小矮人们以及安娜妈妈都喜欢吃巧克力，而安娜和她的其他小矮人们对甜食的喜爱程度也不亚于他们。最后，他们还买了一套玩具餐具，这样他们就不用拿螺丝帽充当小矮人的盘子和杯子了。

天气晴朗，阳光明媚，但对于花园聚会来说天气还是很冷的，所以他们决定将野餐会改在安娜的房间里。到了那天，他们在地板上铺了一张毯子，食物摆得很漂亮，还特别为小精灵O准备了两个花瓶的水仙花。他们把其他所有的瓶子收集在一起，摆在地毯周围的地板上、桌子上、架子上，花瓶里面插上各种各样的花——因为他们并不知道其他的小精灵们喜欢什么样的花。最后，房间布置得像一个花园。一切准备就绪后，安娜和妈妈打扮好，和小矮人们一起隆重地坐在毯子上等候客人。

"他们来了！"Xi指着那扇打开的窗户，大声喊道。

安娜和妈妈看到一团如五彩缤纷的云朵一样的东西向房间飘来。那个小小的云朵越来越近，越来越像一束飞舞的花。它是如此美丽，令人难以置信，安娜和妈妈惊呆了。

接着，"花束"从窗户飞进来，"落在"安娜面前，大家随即都明白它为什么像一束花了。无家可归的小矮人们都像O一样——苍白，瘦削，仿佛空气的一部分，也和O一样，穿着奇怪的长裤和用各种各样的花做成的兜帽运动衫，有红色和黄色的郁金香、蓝色的鸢尾花，还有粉的、白的以及各种各样的灌木花。另外，每位客人手里都拿着一朵花。

"我们来了！"O说道，如安娜料想的一样，他马上羞涩地耸了耸肩膀，微微一笑，"这是给你的。"O转向安娜妈妈，给了她一朵水仙花，然后其他无家可归的小矮人随即也纷纷开始把他们的花递给她。

"这既是我们给你的'欢迎'礼物，也是我们对你一路顺风的祝愿！"O解释道。

"非常感谢！真是太漂亮了！你们真好！"接过花，安娜妈妈禁不住惊喜地叫道，与此同时，她爱抚着那些花朵和"花朵"般的小矮人。

"这是我们为你们所有人准备的'欢迎'礼物。"当接过所有的鲜花礼物后，安娜妈妈指着盘子说道。

看来，安娜的一些小矮人已经认识了其中一些无家可归的小矮人，很快，他们感觉到好像回到了自己家一样。他们狂欢了很久，喝着果汁，祝愿安娜妈妈健康长寿，并祝她"一路平安"。他们也为飞机上和云朵上的许多有趣的冒险经历而干杯，并计划好什么时间再相聚。

安娜妈妈一直都知道无家可归的小矮人们的存在，但直到这时才见到。她不断地挨个爱抚他们，为他们的瘦弱而烦恼，不断催促他们多吃些巧克力和水果。

"多么迷人啊！"安娜情不自禁地喃喃自语，她为终于可以在她妈妈之前看到一些东西而骄傲。

"我回家后，会把无家可归的小矮人的事告诉你的姨妈们。你能想象她们会多么激动吗？"

"那么，我的姨妈们也知道这一切？"安娜很惊讶。

"当然！"妈妈回答，"事实上，很多人都知道小矮人的事，但他们不谈论，因为他们担心自己会被当成疯子。"

第二天，安娜和妈妈在机场亲吻拥抱了许久，互相叮嘱。到了分别的时候，安娜在妈妈耳边低声说："我把我的两个小矮人放进您的包里了。他们可以在旅途中照顾您！"

当然，安娜不知道妈妈的三个小矮人就藏在她外套的口袋里，就在她准备从机场回去的火车上读的那本书旁边。安娜妈妈在她的书里放了一张字条，她打开的时候就能看到。

字条上写着："我爱你！"

尾 声

　　这个故事没有结尾，就像这个世界上的所有事情一样，看上去似乎有了结局，但实际上都是无穷无尽的。

　　我们的周围，我们的内心，有很多事情不是一眼就能看到的。我们对此一无所知，直到我们睁开双眼，才能看到它们。因为，我们不远万里寻找的东西，往往就在我们的眼皮底下，触手可及。

亲爱的中国读者朋友们：

你们好！

能够在这里跟你们见面，我很荣幸。

在这里请允许我对这本书的编辑肖恋表达特别的感谢，是她在千万书丛里发现了我的书。同时我想对我的代理人YOUBOOK AGENCY的玉华(Meredith)，表达深切的感谢，在她的积极努力之下，这本书才能够在中国找到温暖的家。

特别致谢这本书的插画师和设计师，为这本书提供了如此温暖人心的封面，以及这本书的翻译老师让这本书的世界加入了中文的色彩。

中文是世界上最美的语言，中文本身就是一种艺术，让我深深着迷。

Kalina Stefanova

2018年于上海